상상력에게

세계시인선

41

상상력에게

에밀리 브론테

허현숙 옮김

TO IMAGINATION

Emily Brontë

에밀리 브론테

차례

Stars

Ah! why, because the dazzling sun
    Restored my earth to joy,
Have you departed, every one,
    And left a desert sky?

All through the night, your glorious eyes
    Were gazing down in mine,
And with a full heart's thankful sighs
    I blessed that watch divine.

I was at peace, and drank your beams
    As they were life to me;
And revelled in my changeful dreams
    Like petrel on the sea.

Thought followed thought — star followed star
    Through boundless regions, on;
While one sweet influence, near and far,
    Thrilled through and proved us one!

Why did the morning rise to break
    So great, so pure a spell;

별

아, 어쩌면, 눈부신 태양으로 나의 대지는
　　다시 기쁨을 누리는데,
그대는, 모두, 떠나,
　　텅 빈 하늘을 남겼는가?

밤새, 그대 찬란한 눈길은
　　내 눈 속에서 내려다보고 있었어,
그래서 나는 온 마음 다해 감사의 한숨으로
　　그 응시를 성스럽게 축복했네.

나는 평화로웠고, 그대의 눈빛을
　　마셨네, 내 생명이므로.
그러고는 내 변화무쌍한 꿈속에서
　　환호했네 마치 바다 새처럼.

생각이 생각에 꼬리를 물고, 별은 별의 꼬리를 물며
　　끝없는 곳을 지나갔네.
그러는 동안 멀리 가까이 아름다운 힘 하나가
　　내내 간담을 서늘케 하여, 우리가 하나임을 증명했네.

새벽은 왜 그리 대단하고,
　　순수하게, 마법을 부려,

And scorch with fire the tranquil cheek,
　　Where your cool radiance fell?

Blood-red he rose, and arrow-straight,
　　His fierce beams struck my brow;
The soul of Nature sprang elate,
　　But mine sank sad and low!

My lids closed down, yet through their veil,
　　I saw him, blazing, still,
And steep in gold the misty dale,
　　And flash upon the hill.

I turned me to the pillow, then,
　　To call back Night, and see
Your worlds of solemn light, again,
　　Throb with my heart, and me!

It would not do — the pillow glowed,
　　And glowed both roof and floor;
And birds sang loudly in the wood,
　　And fresh winds shook the door;

그대의 차가운 빛이 떨어진 곳,
　　고요한 뺨을 불길로 태웠는가?

핏빛으로 물든 그는 일어나, 활처럼 곧바르게,
　　자신의 강력한 햇살로 내 이마를 쏘았네.
자연의 영혼은 솟구쳐 올랐으나,
　　내 영혼은 슬프게도 낮게 가라앉았구나!

내 눈꺼풀은 닫혔으나, 그 틈으로
　　나는 그가 여전히 불타는 것을,
안개 낀 계곡을 황금으로 물들이며
　　언덕 너머 반짝이는 것을 보았네.

나는 베개로 몸을 돌려,
　　밤을 불렀네, 그리고 그대의
엄숙한 빛의 세계가 나의 마음
　　나와 함께 울렁이는 것을 보았네.

그렇지는 않을지도 몰라 — 베개가 빛을 발하고,
　　지붕과 바닥이 그러했네.
새들이 숲속에서 목청껏 노래하고,
　　상큼한 바람이 문을 흔들었네.

The curtains waved, the wakened flies
Were murmuring round my room,
Imprisoned there, till I should rise,
And give them leave to roam.

Oh, stars, and dreams, and gentle night;
Oh, night and stars return!
And hide me from the hostile light,
That does not warm, but burn;

That drains the blood of suffering men;
Drinks tears, instead of dew;
Let me sleep through his blinding reign,
And only wake with you!

커튼이 흔들렸고, 깨어난 파리들이
　　내 방 주변을, 윙윙대며 날아다녀,
나는 그곳에 갇힌 채로, 일어나서,
　　그들이 돌아다니게 해 주었네.

오, 별이여 꿈이여, 부드러운 밤이여,
　　오 밤이여 별이여 돌아오라!
따뜻이 하지 않고 불태우는
　　적과 같은 빛으로부터 나를 숨겨 다오.

고통스러워하는 사람들의 피를 앗아 가고,
　　이슬 대신 눈물을 마시는 빛으로부터.
그의 눈부신 치세 동안 나를 잠재우고,
　　그대와 함께 깨어나게 해 주오!

The Philosopher

'Enough of thought, philosopher!
    Too long hast thou been dreaming
Unlightened, in this chamber drear,
    While summer's sun is beaming!
Space-sweeping soul, what sad refrain
Concludes thy musings once again?

    '"Oh, for the time when I shall sleep
    Without identity,
    And never care how rain may steep,
    Or snow may cover me!
    No promised heaven, these wild desires,
    Could all, or half fulfil;
    No threathened hell, with quenchless fires,
    Subdue this quenchless will!"'

'So said I, and still say the same;
    Still, to my death, will say —
Three gods, within this little frame,
    Are warring night and day;
Heaven could not hold them all, and yet
    They all are held in me;

철학자

'철학자여, 생각은 충분하오!
　　그대는 이 지루한 방 안에서 깨지도
않은 채로 너무 오래 꿈꾸고 있어요.
　　여름 햇살은 내리쬐는데!
공간을 휘젓는 영혼이여, 어느
슬픈 후렴구가 그대의 사색에 다시 결론을 내는가?

"오, 나는 당분간 정처 없이
잠을 잘 것이고,
비가 얼마나 함빡 적시든지,
눈이 나를 뒤덮든지 전혀 신경도 안 쓸 테요!
천국의 약속은, 이 거친 야망들,
전부 아니 절반도 이루지 못할 거요.
끌 수 없는 불길로, 지옥이 위협해도
이 억누를 수 없는 의지를 제압하지 못할 거요."

나는 그렇게, 계속 똑같이 말했네.
　　그리고 죽을 때까지 말할 것이네.
세 명의 신들이 이 작은 틀 안에서
　　밤낮으로 싸우고 있네.
하늘이 그들 모두를 통제할 수 없으나,
　　그들은 모두 내 안에 있다네.

And must be mine till I forget
    My present entity!
Oh, for the time, when in my breast
    Their struggles will be o'er!
Oh, for the day, when I shall rest,
    And never suffer more!'

'I saw a spirit, standing, man,
    Where thou dost stand — an hour ago,
And round his feet three rivers ran,
    Of equal depth, and equal flow —
A golden stream — and one like blood;
    And one like sapphire, seemed to be;
But, where they joined their triple flood
    It tumbled in an inky sea.

The spirit sent his dazzling gaze
    Down through that ocean's gloomy night
Then, kindling all, with sudden blaze,
    The glad deep sparkled wide and bright —
White as the sun, far, far more fair
    Than its divided sources were!'

그리고 내 현재의 본질을
　　내가 잊을 때까지 그들은 나의 것임이 분명하다네.
오, 내 가슴속에서
　　그들의 싸움이 끝날 날이여!
오, 내가 휴식을 취하며 더 이상
　　고통스럽지 않을 날이여!'

'나는 영혼이, 서 있는 것을, 보았네, 인간이여,
　　그대가 서 있는 곳에서, 한 시간 전에,
그리고 그의 발치 주변에 강물이
　　똑같은 깊이로 똑같이 흐르고 있었네.
황금빛 물길 — 마치 피처럼 보이는.
　　그리고 사파이어처럼 보이는 것이기도 했네.
그러나, 세 줄기 흐름에 합류했을 때,
　　그것은 잉크 색 바다로 떨어졌네.

영혼이 빛나는 시선을 저 대양의
　　어두운 밤을 향해 보내고는
갑자기 불꽃으로 모든 것에 불을 당겨,
　　깊은 바다가 선선히 드넓고도 밝게 빛났네 —
태양처럼 하얗게, 나눠졌던 근원보다
　　훨씬 더 아름답게!'

'And even for that spirit, seer,
    I've watched and sought my life-time long;
Sought him in heaven, hell, earth and air —
    An endless search, and always wrong!
Had I but seen his glorious eye
    Once light the clouds that wilder me,
I ne'er had raised this coward cry
    To cease to think and cease to be;
I ne'er had called oblivion blest,
    Nor, stretching eager hands to death,
Implored to change for senseless rest
    This sentient soul, this living breath —
Oh, let me die — that power and will
    Their cruel strife may close;
And conquered good, and conquering ill
    Be lost in one repose!'

'예언자여, 나는 저 영혼을 지켜봐 왔고,
　　내 생애 내내 추구했네. 천국에서, 지옥에서,
지구에서, 그리고 대기에서 그를 추구했다네 —
　　끝없는 추구, 그러나 늘 잘못된!
내가 나를 미혹시킨 구름에 빛을 내린
　　그의 영광스러운 눈을 한 번이라도 보기만 했다면
나는 생각을 멈추려고, 존재하지 않으려고
　　목소리 높여 이 비겁한 고함을 결코 지르지 않았을 테요.
망각을 축복이라 하지도 않았을 것이고,
　　죽음에 손을 기꺼이 내밀지도 않았을 것이며,
이 지각 있는 영혼, 이 살아 있는 숨결을
　　무감각한 휴식과 바꾸려고 애원하지도 않았을 거요.
오, 죽게 해 주오 — 저 힘과 의지
　　그들의 잔혹한 싸움이 끝날 것이오.
그리고 정복당한 선, 정복의 의지가
　　한 번의 휴식으로 사라질지라!'

Remembrance

Cold in the earth — and the deep snow piled above thee,
Far, far, removed, cold in the dreary grave!
Have I forgot, my only Love, to love thee,
Severed at last by Time's all-severing wave?

Now, when alone, do my thoughts no longer hover
Over the mountains, on that northern shore,
Resting their wings where heath and fern-leaves cover
Thy noble heart for ever, ever more?

Cold in the earth — and fifteen wild Decembers,
From those brown hills, have melted into spring:
Faithful, indeed, is the spirit that remembers
After such years of change and suffering!

Sweet Love of youth, forgive, if I forget thee,
While the world's tide is bearing me along;
Other desires and other hopes beset me,
Hopes which obscure, but cannot do thee wrong!

No later light has lightened up my heaven,
No second morn has ever shone for me;

회상

땅 속에서 차갑게 — 멀리멀리, 음울한 무덤 안에서
차갑게, 멀리 떨어진, 그대 위에 깊이 쌓인 눈!
나는 잊었는가, 나의 단 하나의 사랑이여, 모든 것을 잘라
버리는
세월의 물결에 따라 결국 헤어진 그대를 내가 사랑했던 것을?

지금 홀로되어, 히스와 고사리 잎들이
그대 고귀한 가슴을 영원히 영원히 뒤덮은 곳에서
내 상념은 날개를 접고 더 이상,
산과 저 북쪽의 해변을 배회하지 않는단 말인가?

땅 속에서 차갑게 — 열다섯 번의 거친 12월이,
저 갈색의 언덕들에서 녹아 봄이 되었지.
그처럼 변화와 아픔을 겪고도
기억하는 영혼은 정말이지 충실하다네!

젊은 시절의 아름다운 사랑이여, 용서해 다오,
세상의 흐름에 내가 휩쓸려 가며, 내가 그대를 잊는다면.
또 다른 욕망과 알 수 없는 다른 희망에 내가 사로잡힌다
해도
그대에게 잘못을 저지를 수는 없는 것!

All my life's bliss from thy dear life was given,
All my life's bliss is in the grave with thee.

But, when the days of golden dreams had perished,
And even Despair was powerless to destroy;
Then did I learn how existence could be cherished,
Strengthened, and fed without the aid of joy.

Then did I check the tears of useless passion —
Weaned my young soul from yearning after thine;
Sternly denied its burning wish to hasten
Down to that tomb already more than mine.

And, even yet, I dare not let it langish,
Dare not indulge in memory's rapturous pain;
Once drinking deep of that divinest anguish,
How could I seek the empty world again?

더 이상 내 하늘에 햇살은 빛나지 않으며,
다시는 아침이 내게 밝아 오지도 않는다네.
내 삶의 축복은 모두 그대의 아름다운 삶이 준 것이었는데,
내 삶의 축복은 모두 그대와 함께 무덤 안에 있네.

그러나 황금빛 꿈의 나날은 사라지고
심지어 절망이 파괴하기에도 무기력할 때
나는 알게 되었네 존재는 어찌 소중하고 강해질 수 있는지
그리고 기쁨의 도움을 받지 않고도 어찌 자랄 수 있는지를.

그래서 나는 쓸모없는 열정의 눈물을 통제하고 —
그대를 향한 갈망으로부터 내 어린 영혼을 떼어 놓았네.
이미 내 것 이상인 저 묘비를 향해 불타듯 서둘러
　　내려가려는
나의 소망을 엄중히 부인하였네.

또한, 아직은, 나는 감히 그것이 꺼지게 하지도,
기억의 황홀한 아픔 속에 침잠하게 하지도 않는다네.
저 신성한 아픔을 일단 깊이 마시니
내가 텅 빈 세상을 어찌 다시 찾을 수 있으려나?

Death-Scene

'O Day! he cannot die
When thou so fair art shining!
O Sun, in such a glorious sky,
So tranquilly declining;

He cannot leave thee now,
While fresh west winds are blowing,
And all around his youthful brow
Thy cheerful light is glowing!

'Edward, awake, awake —
The golden evening gleams
Warm and bright on Arden's lake —
Arouse thee from thy dreams!

'Beside thee, on my knee,
My dearest friend ! I pray
That thou, to cross the eternal sea,
Wouldst yet one hour delay:

'I hear its billows roar —
I see them foaming high;

죽음의 장면

오 낮이여! 그는 죽을 수가 없네
그대 이처럼 아름답게 빛나고 있으니!
오 태양이여, 이처럼 영광스러운 하늘에
그리 고요하게 지고 있다니.

그는 지금 그대를 떠날 수가 없네,
신선한 서풍이 불고,
그의 젊은 이마에 온통
그대의 경쾌한 빛이 반짝이는데!

에드워드, 깨어나, 깨어나라 —
아든 호수 위로 따뜻하고 밝게
빛나는 황금빛 저녁 햇살이 —
그대의 꿈에서 그대를 불러일으키네!

내 곁, 내 무릎 위의,
나의 사랑스러운 친구여! 나 기도하네
영원의 바다를 건너려는, 그대,
아직 한 시간을 늦춰 달라고.

나는 그것이 부풀어 오르며 내는 고함 소리를 듣네
나는 그들이 높이 거품 이는 것을 보네.

But no glimpse of a further shore
Has blest my straining eye.

'Believe not what they urge
Of Eden isles beyond;
Turn back, from that tempestuous surge,
To thy own native land.

'It is not death, but pain
That struggles in thy breast —
Nay, rally, Edward, rouse again;
I cannot let thee rest!'

One long look, that sore reproved me
For the woe I could not bear —
One mute look of suffering moved me
To repent my useless prayer:

And, with sudden check, the heaving
Of distraction passed away;
Not a sign of further grieving
Stirred my soul that awful day.

그러나 저 멀리 해안가를 얼핏 보아도
내 긴장한 눈에 축복은 없네.

저 멀리 에덴 섬 너머로
그들이 밀고 가는 것을 믿지 마라.
돌아서라, 저 유혹의 물결로부터
그대 자신의 고향 땅으로.

그대 가슴속에서 싸우는 것은
죽음이 아니라, 고통이네.
아니, 에드워드, 다시 일어나라,
나는 너를 쉬게 할 수 없어!'

한 번의 긴 응시, 저 아픔은
내가 감당할 수 없는 슬픔으로 나를 꾸짖었네.
말 없는 고통의 표정이 내 소용없는
기도를 한탄하게 하네.

그리고 들썩거리는 산만함은,
갑자기 저지받아 사라졌네.
더 이상 어떤 슬픔의 징조도
저 끔찍한 날 내 영혼을 자극하지 않았네.

Paled, at length, the sweet sun setting;
Sunk to peace the twilight breeze:
Summer dews fell softly, wetting
Glen, and glade, and silent trees.

Then his eyes began to weary,
Weighed beneath a mortal sleep;
And their orbs grew strangely dreary,
Clouded, even as they would weep.

But they wept not, but they changed not,
Never moved, and never closed;
Troubled still, and still they ranged not —
Wandered not, nor yet reposed !

So I knew that he was dying —
Stooped, and raised his languid head;
Felt no breath, and heard no sighing,
So I knew that he was dead.

드디어, 아름다운 태양은 흐릿하게, 저물고,
별빛 어린 바람이 평화롭게 잦아들었네.
여름날의 이슬이 부드럽게 맺혀, 계곡과
숲, 그리고 고요한 나무들을 적시네.

그때 그의 눈이 흐릿해지기 시작하고,
죽음의 잠 아래 무거워졌네.
그리고 그 눈동자들은 이상스럽게 휑해지고,
어두워지고, 심지어 흐느끼는 것 같았네.

그러나 그들은 흐느끼지도 변하지도 않았으며,
결코 움직이지도, 결코 감기지도 않았네.
여전히 곤란을 겪으며, 여전히 자유자재로 움직이지도
　　않았고,
이리저리 움직이지도 않았고, 휴식을 취하지도 않았네!

그래서 나는 그가 죽어 가고 있다는 것을 알았네 —
허리 숙여, 그의 힘없는 머리를 들어올렸네.
호흡도 없고, 한숨도 들리지 않았네.
그래서 나는 그가 죽었음을 알았네.

Song

The linnet in the rocky ells,
    The moor-lark in the air,
The bee among the heather bells,
    That hide my lady fair;

The wild deer browse above her breast;
    The wild birds raise their brood;
And they, her smiles of love caressed,
    Have left her soltude!

I ween, that when the grave's dark wall
    Did first her form retain;
They thought their hearts could ne'er recall
    The light of joy again.

They thought the tide of grief would flow
    Unchecked through future years;
But where is all their anguish now,
    And where are all their tears?

Well, let them fight for honour's breath,
    Or pleasure's shade pursue —

노래

바위 계곡의 홍방울새,
　　하늘의 종달새,
나의 아름다운 여인을 숨기고 있는
　　히스 꽃들 속의 벌들.

야생 사슴들은 그녀의 가슴 위를 둘러보고,
　　야생 새들은 새끼들을 키우는구나.
그리고 그들, 사랑받았던 그녀의 사랑스러운 미소는,
　　그녀를 홀로 두고 떠났구나.

나는 믿고 있네, 무덤의 어두운 벽이
　　먼저 그녀의 모습을 품었을 때
그들은 자신들의 마음이 다시는
　　기쁨의 빛을 상기할 수 없다고 생각했으리라고.

그들은 생각했네, 슬픔의 물결이
　　앞날에 거침없이 흐를 것이라고.
그러나 지금 그들의 아픔은 어디에 있으며
　　그들의 눈물은 다 어디에 있는가?

자 그들로 하여금 명예의 숨결을 위해 싸우도록 하거나,
　　기쁨의 그림자를 추구토록 하자.

The dweller in the land of death
    Is changed and careless too.

And if their eyes should watch and weep
    Till sorrow's source were dry.
She would not, in her tranquil sleep,
    Return a single sigh!

Blow, west-wind, by the lonely mound,
    And murmur, summer-streams —
There is no need of other sound
    To soothe my lady's dream.

죽음의 땅에 거하는 자도
　　또한 변하여 무심하다네.

그리고 그들의 눈이 지켜보다
　　슬픔의 근원이 메마를 때까지 울어야 한다면,
그녀는 고요히 잠에 빠져
　　한 번도 한숨을 되쉬지 않으리라.

서풍이여, 불어라, 외로운 언덕 가를.
　　그리고 속삭이라, 여름의 시냇물이여.
내 여자의 꿈을 다독이기에
　　다른 소리는 필요 없나니.

Hope

Hope was but a timid friend;
 She sat without the grated den,
Watching how my fate would tend,
 Even as selfish-hearted men.

She was cruel in her fear;
 Through the bars, one dreary day,
I looked out to see her there,
 And she turned her face away!

Like a false guard, false watch keeping,
 Still in strife, she whispered peace;
She would sing while I was weeping;
 If I listened, she would cease.

False she was, and unrelenting;
 When my last joy strewed the ground,
Even sorrow saw, repenting,
 Those sad relics scattered round;

Hope, whose whisper would have given
 Balm to all my frenzied pain,

희망

희망은 그저 소심한 친구.
　쇠창살 달린 거처도 없이 앉아 있었다.
내 운명이 어찌 흘러가는지,
　마치 이기적인 사람들처럼 바라보면서.

희망은 두려움으로 잔혹하다.
　어느 흐린 날, 창살을 통해 밖을 내다보다
나는 희망이 그곳에 있는 것을 보았다
　그런데 희망은 고개를 돌려 버렸다!

계속 거짓으로 지켜보는, 가짜 경비처럼,
　희망은, 여전히 애쓰며, 평화를 속삭였다.
내가 흐느끼는 동안 희망은 노래할 것이다.
　만약 내가 귀 기울이면, 희망은 그만두겠지.

희망은 거짓이며, 가차 없다.
　내 마지막 기쁨이 땅으로 흩어졌을 때
슬픔조차도, 한탄하며, 보았다
　저 슬픈 유물들이 사방에 흩어지는 것을.

희망은, 속삭이며 내 격렬한 고통에
　향기를 부여하고는, 날개를 펴고

Stretched her wings, and soared to heaven,

  Went, and ne'er returned again!

하늘로 솟구쳐, 가 버렸다,

그러고는, 다시 돌아오지 않았다!

To Imagination

When weary with the long day's care,
    And earthly change from pain to pain,
And lost, and ready to despair,
    Thy kind voice calls me back again:
Oh, my true friend! I am not lone,
While then canst speak with such a tone!

So hopeless is the world without;
    The world within I doubly prize;
Thy world, where guile, and hate, and doubt,
    And cold suspicion never rise;
Where thou, and I, and Liberty,
Have undisputed sovereignty.

What matters it, that all around
    Danger, and guilt, and darkness lie,
If but within our bosom's bound
    We hold a bright, untroubled sky,
Warm with ten thousand mingled rays
Of suns that know no winter days?

Reason, indeed, may oft complain

상상력에게

긴 하루의 근심과, 아픔에서 아픔으로
　　세상 변하는 것에 지쳤을 때,
길을 잃어 절망에 빠지려 할 때,
　　그대의 다정한 음성이 나를 다시 부른다.
오, 나의 진실한 친구여, 나는 혼자가 아니구나,
그대가 그런 어조로 말할 수 있는 한!

그 없는 세상은 그토록 희망이 없다니.
　　그 안의 세상을 나는 두 배로 소중히 여긴다.
속임수, 증오, 의심, 그리고 차가운
　　의혹이 결코 일어나지 않는 세상.
그대와 내가, 그리고 자유가,
반박할 수 없는 권위를 지니는 곳.

무슨 문제가 되리, 사방에,
　　위험과 죄와 어둠이 있고,
그저 우리 가슴속에
　　밝고 고요한 하늘을 지녀,
겨울이라고는 전혀 알지 못하는
태양의 수만 빛으로 따뜻하기만 하다면?

물론 이성은 자연의 슬픈 현실에

For Nature's sad reality,
And tell the suffering heart how vain
Its cherished dreams must always be;
And Truth may rudely trample down
The flowers of Fancy, newly-blown:

But thou art ever there, to bring
The hovering vision back, and breathe
New glories o'er the blighted spring,
And call a lovelier Life from Death.
And whisper, with a voice divine,
Of real worlds, as bright as thine.

I trust not to thy phantom bliss,
Yet, still, in evening's quiet hour,
With never-failing thankfulness,
I welcome thee, Benignant Power;
Sure solacer of human cares,
And sweeter hope, when hope despairs!

종종 불평하기도 하겠지.
그리고 아픈 가슴을 향해 말하기도 하겠지
소중한 꿈들은 늘 분명 헛되어져 버린다고.
그리고 진리는 이제 막 피어난 환상의 꽃들을
무례하게도 짓밟아 버릴 수도 있어.

그러나, 그대는 늘 그곳에 있어,
서성이는 환상을 되가져 오고,
엉망이 되어 버린 봄 너머 새로운 영광을 숨쉬며,
죽음에서 아름다운 생명을 불러,
성스러운 목소리로, 그대의 세상처럼 빛나는,
현실의 세상에 대해 속삭이지.

나는 그대의 유령 같은 축복을 믿지 않으나,
그러나 저녁 고요한 시간,
결코 사그라지지 않는 고마움으로
그대, 인자한 힘을 환영한다네.
인간 근심의 확실한 위무자,
희망이 절망일 때, 더 다정한 희망!

How Clear She Shines

How clear she shines! How quietly
  I lie beneath her guardian light;
While heaven and earth are whispering me,
  'Tomorrow, wake, but, dream tonight.'
Yes, Fancy, come, my fairy love!
  These throbbing temples softly kiss;
And bend my lonely couch above
  And bring me rest, and bring me bliss.

The world is going; dark world, adieu!
  Grim world, conceal thee till the day;
The heart, thou canst not all subdue,
  Must still resist, if thou delay!

Thy love I will not, will not share;
  Thy hatred only wakes a smile;
Thy griefs may wound — thy wrongs may tear,
  But, oh, thy lies shall ne'er beguile!
While gazing on the stars that glow
  Above me, in that stormless sea,
I long to hope that all the woe
  Creation knows, is held in thee!

그녀는 어찌나 빛나는지

그녀는 어찌나 빛나는지! 나는 아주 고요히
　그녀의 수호하는 빛 아래 몸을 누이네.
하늘과 대지는 내게 속삭인다네
　'내일 깨어나, 그러나 꿈은 오늘 밤에.'
그래, 꿈이여, 오라, 나의 요정 같은 사랑이여!
　이 두근거리는 신전들이 부드러이 입 맞추네.
그리고는 내 외로운 침상 위로 몸을 숙여
　나를 쉬게 하고, 내게 축복을 주네.

세상은 거듭 나아가네. 어두운 세상이여, 안녕!
　음울한 세상이여, 그날이 올 때까지 너를 감추려마.
가슴이여, 그대는 모두 잠재울 수 없으니,
　가만히 저항해야 하느니, 그대 지체한다면!

그대의 사랑을 나는 결코, 결코 나눠 갖지 않으리.
　그대의 증오는 미소를 일깨울 뿐.
그대의 슬픔이 상처를 주고, 그대의 잘못이 가슴을 찢어도,
　오, 그대의 거짓은 결코 매력적이지 않으리!
바람 한 점 없는 바다에서,
　내 머리 위로 빛나는 별을 가만히 바라보며
나는 간절히 바라나니 창조주가 아시는 모든 슬픔이
　그대 안에 거둬지기를!

And this shall be my dream tonight;
    I'll think the heaven of glorious spheres
Is rolling on its course of light
    In endless bliss, through endless years;
I'll think, there's not one world above,
    Far as these straining eyes can see,
Where wisdom ever laughed at Love,
    Or Virtue crouched to Infamy;

Where, writhing 'neath the strokes of Fate,
    The mangled wretch was forced to smile;
To match his patience 'gainst her hate,
    His heart rebellious all the while.
Where Pleasure still will lead to wrong;
    And helpless Reason warn in vain;
And Truth is weak, and Treachery strong;
    And Joy the sures path to Pain;
And Peace, the lethargy of Grief;
    And Hope, a phantom of the soul;
And Life, a labour, void and brief;
    And death, the despot of the whole!

이것이 오늘 밤 나의 꿈.
　　나는 영광스러운 천체의 하늘이
끝없는 축복 속에 빛의 길로
　　영원한 세월로 이어지리라 생각하네.
나는 생각하리라, 지혜가 사랑에 늘 웃음 지었거나,
　　덕이 악행에 수그러들었던 세상 하나,
이 팽팽한 눈이 볼 수 있는 한 멀리,
　　저 위에 있는 것은 아니라고.

그곳에서는, 운명의 타격 아래 몸을 비틀며
　　처참히 난도질당한 것들이 억지 웃음 지었지.
증오에 필적할 인내심에 맞서
　　그의 마음은 내내 반항적이었지.
그곳에서는 쾌락이 여전히 잘못으로 이끌고,
　　무기력한 이성이 경고해도 소용없네.
그러니 진리는 약하고 배반은 강하네.
　　또한 기쁨은 고통으로 향하는 확실한 길.
그리고 평화는, 슬픔의 무기력함.
　　희망은 영혼의 유령.
그리고 삶은 텅 빈 잠깐의 노고.
　　죽음은 전체의 폭군.

Death

Death! that struck when I was most confiding
In my certain faith of joy to be —
Strike again, Time's withered branch dividing
From the fresh root of Eternity!

Leaves, upon Time's branch, were growing brightly,
Full of sap, and full of silver dew;
Birds beneath its shelter gathered nightly;
Daily round its flowers the wild bees flew.

Sorrow passed, and plucked the golden blossom;
Guilt stripped off the foliage in its pride
But, within its parent's kindly bosom,
Flowed for ever Life's restoring tide.

Little mourned I for the parted gladness,
For the vacant nest and silent song —
Hope was there, and laughed me out of sadness;
Whispering, "Winter will not linger long!"

And, behold! with tenfold increase blessing,
Spring adorned the beauty-burdened spray;

죽음

죽음! 기쁨이라고 분명 믿고
다 고백하고 있을때 내리쳤던 —
다시 내리치라, 영원의 갓 내린 뿌리에서 갈라지는
시간의 시든 가지를!

이파리들은, 시간의 가지 위에서, 찬란하게 자라고 있었고,
수액으로 가득 차서, 은빛 이슬 가득 머금었네.
그 그늘 아래 새들은 밤마다 모였구나.
야생 벌들은 매일 꽃 주변을 날아다녔네.

슬픔이 지나며, 황금빛 꽃송이를 꺾어 버렸네.
죄는 자만심으로 잎사귀를 떨구었네.
그러나, 그 부모의 친절한 가슴 안에서,
회복하는 생명의 물결은 영원히 흘렀네.

나는 떠나간 기쁨에 서러워하지 않았네
텅 빈 둥지와 침묵의 노래에도.
희망이 그런 것, 슬픔에서 나를 웃어넘기는 것.
'겨울은 그리 오래 머물지 않을 거야!'라고 속삭이면서.

그러니 보라! 열 배 더 축복하며
아름다움으로 무거워진 가지를 장식한 봄을.

Wind and rain and fervent heat, caressing,
Lavished glory on that second May!

High it rose — no winged grief could sweep it;
Sin was scared to distance with its shine;
Love, and its own life, had power to keep it
From all wrong — from every blight but thine!

Cruel Death! The young leaves droop and languish;
Evening's gentle air may still restore —
No! the morning sunshine mocks my anguish-
Time, for me, must never blossom more!

Strike it down, that other boughs may flourish
Where that perished sapling used to be;
Thus, at least, its mouldering corpse will nourish
That from which it sprung — Eternity.

바람과 비와 강렬한 열기가 애무하네,
두 번째 5월에 아낌없는 영광!

높이 오를수록 슬픔이 날개 달았다 해도 그것을 휩쓸지
    못하네.
죄는 그 반짝임에 무서워 멀리 가네.
사랑, 그리고 그 생명이, 모든 잘못과 그대의 것이 아닌
모든 곤경으로부터, 그것을 지킬 힘을 지녔네!

잔혹한 죽음이여! 어린 잎사귀들이 고개 숙여 시들어 가네.
저녁의 부드러운 대기는 여전히 되돌아오리니.
아니! 아침의 햇살은 내 아픔을 조롱한다
시간은, 나에게, 결코 더 이상의 꽃을 피워서는 안 되네!

내려치라, 다른 가지들이 번성하도록
저 시든 나무가 있었던 곳에서.
그러니, 적어도, 그 썩어 가는 시체는
그것이 일어난 곳에서 — 영원을 키우리라.

Stanzas to —

Well, some may hate, and some may scorn,
And some may quite forget thy name;
But my sad heart must ever mourn
Thy ruined hopes, thy blighted fame!
'Twas thus I thought, an hour ago,
Even weeping o'ver that wretch's woe;
One word turned back my gushing tears,
And lit my altered eye with sneers.
Then 'Bless the friendly dust,' I said,
'That hides thy unlamented head!
Vain as thou wert, and weak as vain,
The slave of Falsehood, Pride, and Pain, —
My heart has nought akin to thine;
Thy soul is powerless over mine.'

But there were thoughts that vanished too;
Unwise, unholy and untrue:
Do I despise the timid deer,
Because his limbs are fleet with fear?
Or, would I mock the wolf's death-howl,
Because his form is gaunt and foul?
Or, hear with joy the leveret's cry,

누군가에게

그렇지, 어떤 이는 증오하고, 어떤 이는 조롱할 테지,
또 어떤 이는 네 이름을 완전히 잊어버릴지도 몰라.
그러나 내 슬픈 마음은 늘 네 망가진
희망을, 네 추락한 명성을 애달파하네!
그래서 나는, 한 시간 전에, 생각했네
저 처참한 슬픔에 흐느끼면서도.
하나의 어휘가 솟구쳐 오르는 눈물을 거두었고,
조롱으로 변한 나의 눈을 밝혔네.
그러고는 '그 친숙한 헛됨을 축복하라!'고 내가 말했지.
'그것이 네 애도받지 못하는 머리를 숨겨 줄 거야!
너는 실패하고 그만큼 약하고,
바보, 자만, 그리고 고통의 노예이지만 —
내 가슴은 결코 너와 닮지 않았어.
네 영혼은 내 영혼에 전혀 힘이 없어.'

그러나 생각들은 또한 사라졌네.
현명치도 않고, 성스럽지도 않으며, 진실하지도 않으니.
사슴의 다리가 두려워 빨리 지난다고,
내가 겁 많은 사슴을 멸시하는가?
아니면, 늑대의 모습이 앙상하고 더럽기 때문에
그 끔찍한 울부짖는 소리를 경멸할 것인가?
아니, 아기 토끼가 용감하게 죽을 수 없기 때문에

Because it cannot bravely die?
No, Then above his memory
Let Pity's heart as tender be;
Say, 'Earth, lie lightly on that breast
And, kind Heaven, grant that spirit rest!'

그 울음소리를 기쁘게 듣겠는가?
아니다! 그의 기억 너머
연민의 마음이 언제나처럼 다정하도록 하라.
말하라, '대지여, 저 가슴 위에 가벼이 몸을 눕히라
그리고 온화한 하늘이여, 저 영혼에 휴식을 허용하라!'

Stanzas

I'll not weep that thou art going to leave me,
    There's nothing lovely here;
And doubly will the dark world grieve me,
    While thy heart suffers there.

I'll not weep, because the summer's glory
    Must always end in gloom;
And, follow out the happiest story —
    It closes with a tomb!

And I am weary of the anguish
    Increasing winter bear;
Weary to watch the spirit languish
    Through years of dead despair.

So, if a tear, when thou art dying,
    Should haply fall from me,
It is but that my soul is sighing,
    To go and rest with thee.

시

그대 나를 떠난다 해도 나 울지 않으리
　　여기 사랑스러운 것 아무것도 없어도.
어두운 세상이 나를 더 슬프게 해도,
　　그곳에서 그대 가슴이 아프니.

나 울지 않으리, 여름의 영광이
　　늘 어둠으로 사라진다 해도.
그리고, 가장 행복한 이야기를 따르리라 —
　　그 이야기는 묘비로 끝난다!

나는 깊어 가는 겨울이 품고 있는
　　고통에 지쳐 간다.
영혼이 처절한 절망의 세월을 지나며
　　시들어 가는 것에 지쳐 간다.

그러니, 그대 죽을 때, 만약 눈물이
　　내게서 우연히 떨어진다면,
그것은 그저 그대와 함께 가서 쉬려고
　　내 영혼이 한숨을 쉬는 것에 불과하다.

The Old Stoic

Riches I hold in light esteem;
    And Love I laugh to scorn;
and lust of fame was but a dream
    That vanished with the morn:

And if I pray, the only prayer
    That moves my lips for me
Is, 'Leave the heart that now I bear,
    And give me liberty!'

Yes, as my swift days near their goal,
    'Tis all that I implore;
In life and death, a chainless soul,
    With courage to endure.

금욕주의자 어르신

부귀영화를 나는 가벼이 여긴다
　　사랑을 웃으며 조롱하네.
명예욕은 아침이면 사라지는
　　한낱 꿈이었다.

그래서 내가 기도한다면, 나를 위해
　　입술을 움직이는 유일한 기도는,
'내가 지금 지닌 마음을 그대로 두시고,
　　내게 자유를 달라!'이다.

그렇지, 내 재빠른 나날들은 종착에 가까워지니,
　　내가 간절히 바라는 것은 바로 이게 전부.
살아서도 죽어서도, 견딜 용기를 지닌,
　　구속받지 않는 영혼.

Cold Clear and Blue the Morning Heaven

Cold clear and blue the morning heaven
Expands its arch on high
Cold clear and blue Lake Werna's water
Reflects that winter's sky
The moon has set but Venus shines
A silent silvery star

차갑고 투명하고 파란 아침 하늘

차갑고 투명하고 파란 아침 하늘
높이 둥글게 펼쳐져 있네
차갑고 투명하고 파란 워나 호수 물
겨울 하늘을 비추네
달은 지고 금성은 빛나네
고요한 은빛 별이.

Tell Me Tell Me

Tell me tell me smiling child
What the past is like to thee?
An Autumn evening soft and mild
With a wind that sighs mournfully

Tell me what is the present hour?
A green and flowery spray
Where a young bird sits gathering its power
To mount and fly away

And what is the future happy one?
A sea beneath a cloudless sun
A mighty glorious dazzling sea
Stretching into infinity

말해 봐 말해 봐

말해 봐 말해 봐 웃고 있는 아이야
네게 옛날은 어떤 것이니?
구슬피 한숨 쉬듯 바람이 부는
부드럽고 따뜻한 가을 저녁

말해 봐 지금은 어떠니?
꽃송이 맺힌 초록 가지에는
어린 새가 앉아 높이 날아가려
힘을 모으네

앞으로 행복한 시간은 어떨 것 같니?
구름 하나 없는 햇살 아래 바다는
영광스럽게 눈부신 강력한 바다는
무한을 향해 뻗어 있네

Redbreast Early in the Morning

Redbreast, early in the morning
Dark and cold and cloudy grey,
Wildly tender is thy music,
Chasing [the angry] thoughts away

* * *

My heart is not enraptured now
My eyes are full of tears
And constant sorrow on my brow
Has done the work of years

It was not hope that wrecked at once
The spirit's [early] storm
But a long life of solitude
Hopes quenched and rising thoughts subdued
A bleak November's calm

* * *

What woke it then? A little child
Strayed from its father's cottage door
And in the hour of moonlight wild
Laid lonely on the desert moor

* * *

I heard it then you heard it too

이른 아침 개똥지빠귀

개똥지빠귀, 어둡고 춥고 구름 낀 잿빛
이른 아침
너의 노래 너무나 부드럽구나
(성난) 생각을 쫓아내며

* * *

내 마음은 지금 매혹되지 않았으나
눈에는 눈물이 가득
계속 이어지는 슬픔이 이마 위에
세월의 작업을 마무리했구나

영혼의 (이른) 폭풍우를 단숨에 없앤 것은
희망이 아니라
오랜 고독의 생활
희망은 뭉개지고 떠오르는 생각은 가라앉아
황량한 11월의 평온

* * *

그때 무엇이 그것을 일깨웠을까?
아버지의 오두막집 현관에서 벗어나
부드럽게 달빛 비추는 시간에
홀로 황량한 들판에 누워 있던 어린아이

* * *

내가 들었으니 너도 들었다

And seraph sweet it sang to you
But like the shriek of misery
That wild wild music wailed to me

천사의 다정한 노래를 네게 불렀다
그러나 절망의 비명 소리처럼
저 거칠고 거친 음악이 나에게 비명을 질러 댔다

The Sun Has Set

The sun has set and the long grass now
Waves drearily in the evening wind
And the wild bird has flown from that old grey stone
In some warm nook a couch to find

In all the lonely landscape round
I see no sight and hear no sound
Except the wind that far away
Comes sighing o'er the heathy sea

해는 지고

해는 지고 기다란 풀은 지금
저녁 바람에 쓸쓸히 흔들리네
야생 새들이 저 오랜 잿빛 돌맹이에서 날아갔네
어느 따듯한 곳에서 쉴 곳을 찾아

주변의 온통 외로운 풍경 속에서
보이는 것도 들리는 것도 없네
저 멀리 황야의 바다 너머 한숨 쉬듯
다가오는 바람 말고는

Long Neglect Has Worn Away

Long neglect has worn away
Half the sweet enchanting smile
Time has turned the bloom to gray
Mold and damp the face defile

But that lock of silky hair
Still beneath the picture twined
Tells what once those features were
Paints their image on the mind

Fair the hand that traced that line
'Dearest, ever deem me true'
Swiftly flew the fingers fine
When the pen that motto drew

오래 돌보지 않아

오래 돌보지 않아 매력적인 미소의
반은 차츰 사라지고
세월에 꽃송이는 잿덩이로 변했고
얼굴은 축축하게 망가졌구나

그런데 여전히 그림 아래 틀어올린
저 부드러운 머리 타래는
한때 저 모습들이 어떠했는지 전하며
마음속에 그들의 이미지들을 그리는구나

저 구절, '나를 진정으로 여기는 가장 사랑스러운 사람'을
그린 손길은 아름답구나
펜으로 저 좌우명을 썼을 때
아름다운 손가락들은 재빠르게 움직였어라

Lines

Far away is the land of rest
Thousand miles are stretched between
Many a mountain's stormy crest
Many a desert void of green

Wasted worn is the traveller
Dark his heart and dim his eye
Without hope or comforter
Faltering faint and ready to die

Often he looks to the ruthless sky
Often he looks o'er his dreary road
Often he wishes down to lie
And render up life's tiresome load

But yet faint not mournful man
Leagues on leagues are left behind
Since your sunless course began
Then go on to toil resigned

If you still despair control
Hush its whispers in your breas[t]

휴식의 땅은 멀리 있구나

휴식의 땅은 멀리 있구나
폭풍우 물마루 이는 많은 산들과
초록이라곤 전혀 없는 드넓은 사막 사이
수천 마일이 펼쳐지네

맥없이 피곤한 나그네
마음은 어둡고 눈은 흐릿하여
희망도 위로해 주는 이도 없이
기진맥진 쓰러져 곧 죽을 듯하네

그는 종종 무자비한 하늘을 올려다보고
종종 따분한 길을 건너다보며
종종 드러누워
인생의 피곤한 짐을 내버리고 싶어 하네

그러나 기진맥진하나 슬프지는 않은 사람
그대의 햇살 없는 길을 시작한 이래
뒤에 무리들이 잇달아 오니
그러니 노역이 다할 때까지 계속 가네

그대 여전히 절망을 통제하고 있다면
그대 가슴속 그 속삭임을 잠재우라

You shall reach the final goal

You shall win the land of rest

그대는 마지막 목표에 닿을 것이네
휴식의 땅을 얻을 것이네.

Sleep Brings No Joy to Me

Sleep brings no joy to me
Remembrance never dies
My soul is given to misery
And lives in sighs

Sleep brings no rest to me
The shadows of the dead
My waking eyes may never see
Surround my bed

Sleep brings no hope to me
In sounder sleep they come
And with their doleful imagery
Deepen the gloom

Sleep brings no strength to me
No power renewed [to] brave
I only sail a wilder sea
A darker wave

Sleep brings no friend to me
To soothe and aid to bear

잠은 내게 기쁨을 주지 않아

잠은 내게 기쁨을 주지 않아
기억은 결코 사라지지 않아
절망에 내준 내 영혼
한숨 속에 살고 있어

잠은 내게 휴식을 주지 않아
나의 깨어 있는 눈으로 볼 수 없는
죽은 자들의 그림자가
내 침대 주변을 감싸고 있어

잠은 내게 희망을 주지 않아
그들은 곤한 잠을 잘 때 와서
구슬픈 모습으로
어둠을 깊게 하지

잠은 내게 힘을 용감하게
새로워지는 힘을 주지 않아
나는 그저 거친 바다를
어두운 물결 위를 항해할 따름이야

잠은 내게 친구를 주지 않아
위로하고 견디도록 도와주는

They all gaze, oh, how scornfully
And I despair

Sleep brings no wish to knit
My harassed heart beneath
My only wish is to forget
In the sleep of death

그들 모두, 아, 어찌나 경멸적으로 바라보는지
그래서 나는 절망하네

잠은 내 상처 입은 마음을
잘 짜맞추려는 소망도 주지 않아
내 유일한 소망은 죽음의 잠 속에서
잊어버리는 거야

Weaned from Life and Torn Away

Weaned from life and torn away
In the morning of thy day
Bound in everlasting gloom
Buried in a hopeless tomb

yet upon thy bended knee
Thank the power banished thee
Chain and bar and dungeon wall
Saved thee from a deadlier thrall

Thank the power that made thee part
Ere that parting broke thy heart
Wildly rushed the mountain spring
From its source of fern and ling
How invincible its roar
Had its waters won the shore

인생에서 떨어지고 떼어져서

인생에서 떨어지고 떼어져서
그대 그날 아침
영원히 어둠에 갇혀
가망 없는 묘비 안에 묻혔다

그러나 그대의 꿇은 무릎에서
고마워라 그대를 내친 힘
사슬과 가로막, 그리고 동굴의 벽이
죽음을 담보로 한 노예 상태로부터 그대를 구했다

고마워라 그대를 헤어지게 한 힘
그 헤어짐으로 그대 가슴 아프기 전
산의 샘물은 고사리와 히스가 있는
근원지에서 콸콸 흘러
어찌나 당당하게 함성을 내지르며
해변에 닿았는지

How Loud the Storm

How loud the storm sounds round the Hall!
From arch to arch from door to door
Pillar and roof and granite wall
Rock like a cradle in its roar

That Elm tree by the haunted well
Greets no returning summer skies
Down with a rush the giant fell
And stretched athwart the path it lies

Hardly had passed the funeral train
So long delayed by wind and snow
And how they'll reach the house again
Tomorrow's dawn perhaps will show

폭풍우 소리가

폭풍우 소리가 홀 주변에서 어찌나 큰지!
현관에서 현관으로 문에서 문으로
기둥과 지붕 그리고 화강암 벽이
그 고함 소리에 요람처럼 흔들리네

귀신 붙은 우물 옆 저 느릅나무
돌아오는 여름 하늘을 반기지 않고
거대한 나무는 급속히 쓰러져
길을 가로질러 뻗어 누웠네

장례 기차는 지나가지 못했네
바람과 눈으로 너무 오래 지체하여
그들이 어떻게 집에 다시 닿았는지
아마 내일 새벽에는 알게 되겠네

Darkness Was Overtraced on Every Face

Darkness was overtraced on every face
Around clouded with storm and ominous gloom
In Hut or hall smiled out no resting place
There was no resting place but one — the tomb

All our heart were the mansions of distress
And no one laughed and none seemed free from care
Our children felt their fathers' wretchedness
Our homes one all were shadowed with despair

It was not fear that made the land so sad

어둠이 얼굴마다

어둠이 얼굴마다 짙게 드리웠다
폭풍우와 암울한 우울함에 사방 어두워져
오두막이나 홀에서 휴식할 곳으로 반기는 곳 전혀 없어
쉴 곳이라고는 단 하나 — 무덤 말고는 없었다

우리 모든 이들의 마음은 절망의 저택
아무도 웃지 않았고 근심에서 자유로운 자 아무도 없었다
우리 아이들은 아버지의 비참함을 느꼈고
우리의 집들은 하나같이 절망의 그림자를 드리우고 있었다

땅을 이처럼 슬프게 하는 것은 두려움이 아니었다

Harp of Wild and Dream Like Strain

Harp of wild and dream like strain
When I touch thy strings
Why dost thou repeat again
Long forgotten things?

Harp in other earlier days
I could sing to thee
And not one of all my lays
Vexed my memory

But now If I awake a note
That gave me joy before
Sounds of sorrow from thee float
Changing evermore

Yet still steeped in memory's dyes
They come sailing on
Darkening all my summer skies
Shutting out my sun.

들판의 하프와 선율 같은 꿈

들판의 하프와 선율 같은 꿈
내가 네 현들을 매만질 때
너는 왜 오래전 잊은 것들을
자꾸 반복하느냐?

저 오래전 하프여
나는 너에 맞춰 노래할 수 있었고
내 노래 어느 한 가락도
내 기억을 혼란스럽게 하지 않았어

그런데 지금 내가 만약
이전에 내게 기쁨을 주었던 선율을 되살린다면
너로부터 슬픈 소리들이
늘 변하며 흘러나와

고요히 내 기억에 스며들어 색깔을 입히고
계속 나아가는구나
나의 여름 하늘 온통 어둡게 하고
나의 태양을 가리면서

It Will Not Shine Again

It will not shine again
Its sad course is done
I have seen the last ray wane
Of the cold bright sun

다시는 반짝이지 않을 거야

다시는 반짝이지 않을 거야
그 슬픈 과정은 다 끝났어
나는 보았어 차갑게 빛나던 태양의
마지막 빛이 사그라지는 것을

The Evening Sun

The evening sun was sinking down
On low green hills and clustered trees
It was a scene as fair and lone
As ever felt the soothing breeze

That bends the grass when day is gone
And gives the wave a bighter blue
And makes the soft white clouds sail on
Life spirits of ethereal dew

Which all the morn had hovered o'er
The azure flowers where they were nursed
And now return to heaven once more
Where their bright glories shone at first

저녁 해는

저녁 해는 나지막한 푸른 언덕과
빽빽한 나무들 위로 지고 있었네
위로하는 듯 미풍을 언제나처럼 느끼는
아름답고 외로운 풍경이었네

하루가 다할 때 풀을 눕히고
더 밝은 푸른색으로 물결을 이루게 하며
천상의 이슬 영혼처럼
부드럽고 하얀 구름들을 나아가게 하는 미풍

천상의 이슬 영혼들은
푸른 꽃들 위에 아침 내내 머물며
보살피다 지금은 밝고 찬란하게
처음 빛났던 하늘로 다시 돌아갔네

Where Were Ye All?

Where were ye all? and where wert thou
I saw an eye that shone like thine
But dark curls waved around his brow
And his stern glance was strange to mine

And yet a dreamlike comfort came
Into my heart and anxious eye
And trembling yet to hear his name
I bent to listen watchfully

His voice though never heard before
Still spoke to me of years gone by
It seemed a vision to restore
that brought the hot tears to my eye

그대 어디 있었는가?

그대 정녕 어디 있었는가? 그대는 어디 있었는지
나는 그대의 눈처럼 반짝이는 눈을 보았네
그러나 검은 머리카락이 그의 이마 위로 구불구불 물결치고
그의 엄격한 시선은 내게 낯설었네

그리고 꿈결 같은 위로가 내 마음과
불안한 눈에 들어왔으나
그의 이름을 듣고는 몸을 떨며
나는 주의 깊게 귀를 기울였네

그의 음성 이전에 들어 본 적 없으나
여러 해 전 내게 말했던 목소리
내 눈에 뜨거운 눈물을 흘리게 한
환상처럼 들렸네

Oh Come with Me

O come with me thus ran the song
The moon is bright in Autumn's sky
And thou hast toiled and laboured long
With aching head and weary eye

오 나와 함께 가요

오 나와 함께 가요 노래가 들렸네
달은 가을 하늘 아래 빛나고
그대는 오래 애쓰고 수고했네
아픈 머리와 시린 눈으로

Oh Dream

O Dream, where art thou now?
Long years have past away
Since last, from off thine angel brow
I saw the light decay —

Alas, alas for me
Thou wert so bright and fair,
I could not think thy memory
Would yield me nought but care!

The sun-beam and the storm,
The summer-eve divine,
The silent night of solemn calm,
The full moon's cloudless shine

Were once entwined with thee
But now, with weary pain —
Lost vision! 'tis enough for me —
Thou canst not shine again —

오 꿈이여

오 꿈이여, 너는 지금 어디 있느냐?
기나긴 세월이 지났구나
내가 마지막으로 너의 천사 같은 이마에서
빛이 사라지는 것을 본 이후 —

아, 아 나에게 너는
너무나 밝고 아름다워,
너에 대한 기억이 내게 근심만
안겨 주리라고는 생각할 수가 없구나

햇살과 폭풍우,
신성한 여름 저녁,
엄숙하고 고요한 침묵의 밤,
청명한 보름달의 반짝임

한때 너와 함께 얽혀 있었으나
지금은 지겨운 아픔과 엉겨 있구나 —
사라진 꿈이여! 나로서는 충분하구나 —
네가 다시 빛날 수 없다 해도 —

How Still, How Happy!

How still, how happy! those are words
That once would scarce agree together
I loved the plashing of the surge —
The changing heaven the breezy weather,

More than smooth seas and cloudless skies
And solemn, soothing, softened airs
That in the forest woke no sighs
And from the green spray shook no tears

How still how happy! now I feel
where silence dwells is sweeter far
Than laughing mirth's most joyous swell
However pure its raptures are

Come sit down on this sunny stone
'Tis wintery light o'er flowerless moors —
But sit — for we are all alone
And clear expand heaven's breathless shores

I could think in the withered grass
Springs's budding wreaths we might discern

어찌나 고요하고, 어찌나 행복한지!

어찌나 고요하고 어찌나 행복한지! 이 말은
일단 동의하지 않을 수도 있는 말
나는 사랑했지 철썩이는 물결을
변하는 하늘 산들바람 부는 날씨를,

잔잔한 바다와 구름 한 점 없는 하늘보다 더
숲속에서 한숨이라고는 일으키지 않고
푸르른 잎사귀에 눈물 하나 떨구지 않는
장엄하고, 위로하는 듯한 부드러운 대기보다 더

어찌나 고요하고 어찌나 행복한지! 지금 나는 느끼네
웃음 넘치는 흥겨움이 아주 즐겁게 샘솟아
그 황홀함이 아무리 순수하다 해도
고요함이 깃든 곳이 훨씬 더 기분 좋다는 것을

와서 앉으시라 이 햇살 가득한 돌무더기 위에
바야흐로 꽃이라곤 없는 황무지 위로 비추는 겨울 햇살 —
그러나 앉으시라 — 우리는 모두 혼자이니
투명하게 하늘의 숨막히는 해변을 넓히고 있으니

나는 시들어 가는 풀잎에서 우리가 구별할 수 있을
봄의 꽃봉오리 화환을 생각할 수 있네

The violet's eye might shyly flash
And young leaves shoot among the fern

It is but thought — full many a night
The snow shall clothe those hills afar
And storms shall add a drearier blight
And winds shall wage a wilder war

Before the lark may herald in
Fresh foliage twined with blossoms fair
And summer days again begin
Their glory-haloed crown to wear

Yet my heart loves December's smile
As much as July's golden beam
Then let us sit and watch the while
The blue ice curdling on the stream —

제비꽃 싹이 수줍게 돋아나고
어린 잎사귀들은 고사리 사이에서 싹트리라

다만 생각일 뿐 — 너무나 많은 밤을
눈이 저 멀리 언덕에 옷을 입히고
폭풍우는 음울한 재앙을 더할 것이며
그리고 바람은 더 거친 전쟁을 일으키리라

종달새가 아름다운 꽃송이와 짝을 이룬
새순들 속에서 봄을 알리고
여름날이 자꾸자꾸
영광에 반짝이는 왕관을 쓰기 전에

그럼에도 내 마음은 12월의 미소를 사랑하네
7월의 황금빛 햇살만큼이나
그러니 우리 앉아 잠시 지켜보자
개울에 어는 푸르른 얼음을

I Am the Only Being

I am the only being whose doom
No tongue would ask no eye would mourn
I never caused a thought of gloom
A smile of joy since I was born

In secret pleasure — secret tears
This changeful life has slipped away
As friendless after eighteen years
As lone as on my natal day

There have been times I cannot hide
There have been times when this was drear
When my sad soul forgot its pride
And longed for one to love me here

But those were in the early glow
Of feelings not subdued by care
And they have died so long ago
I hardly now believe they were

First melted off the hope of youth
Then Fancy's rainbow fast withdrew

나는 유일한 존재

나는 유일한 존재 눈으로 애도하지 않기를
어떤 말로도 요청하지 않은 운명의
나는 태어난 이후 슬픈 생각
기쁨의 미소 갖게 하지 않았네

은밀한 기쁨 — 은밀한 눈물 속에서
이 변화무쌍한 생은 미끄러져 사라졌네
열여덟 살 이후 친구 하나 없이
태어난 날처럼 홀로

내가 감출 수 없는 때가 있었고
비참한 때도 있었네
내 슬픈 영혼이 그 자부심을 잃고
이곳의 나를 누군가 사랑해 달라고 애원했던 때

그러나 그 세월은 근심으로 가라앉지 않는
감정들이 일찍 빛나던 때였네
그리고 이미 오래전 사라졌네
지금은 있었는지조차 나 믿지 않지만

먼저 청춘의 희망이 녹아 버렸고
다음에는 무지개 같은 공상이 빠르게 사라졌네

And then experience told me truth
In mortal bosoms never grew

'Twas grief enough to think mankind
All hollow servile insincere —
But worse to trust to my own mind
And find the same corruption there

그리고 진리는 결코 죽음의 가슴 속에서
자라지 않는다는 것을 경험이 말해 주었네

사람들이 모두 공허하고 진실되지 못한
노예라 생각하는 것만으로도 충분히 슬프네 —
그러나 내 마음을 믿고
저곳에서 똑같은 타락을 보는 일은 더 나쁘네

May Flowers are Opening

May flowers are opening
And leaves unfolding free
There are bees in every blossom
The birds on every tree

The sun is gladly shining
The stream sings merrily
And I only am pining
And all is dark to me

O — cold cold is my heart
It will not cannot rise
It feels no sympathy
With those refulgent skies

Dead dead is my joy
I long to be at rest
I wish the damp earth covered
This desolate breast

If I were quite alone
It might not be so drear

5월 꽃들은 피어나고

5월 꽃들은 피어나고
잎사귀는 마음껏 자라네
꽃봉오리마다 벌들이
나무마다 새들이.

태양은 거리낌 없이 빛나고
시냇물은 즐거이 노래하네.
그런데 나만 애타게 그리워하고
모든 것이 내게는 어둡다네.

오, 차갑고 차갑구나 내 가슴은
부풀어 오르려고도 않고 그럴 수도 없구나
저 빛나는 하늘에
전혀 공감하지 않는구나.

사라졌구나 사라져 버렸구나 내 기쁨은
나는 갈망하네 쉬고 싶다고
나는 소망하네, 축축한 땅이
이 절망의 가슴을 뒤덮기를.

내가 만약 정말 홀로 있다면
모든 희망이 사라질 때

When all hope was gone
At least I could not fear

But the glad eyes around me
Must weep as mine have done
And I must see the same gloom
Eclipse their morning sun

If heaven would rain on me
That future storm of care
So their fond hearts were free
I'd be content to bear

Alas as lightning withers
The young and aged tree
Both they and I shall fall beneath
The fate we cannot flee

그리 음울하지는 않을 터인데
나는 적어도 두렵지는 않을 터인데.

그러나 내 주변의 반가운 시선들은
내 눈이 그랬듯 울고 있음이 분명해
그러니 나는 알아야 한다네
똑같은 어둠이 그들의 아침 해를 가리고 있음을.

하늘에서 내게 비를
저 미래의 근심의 폭풍우를 내린다면
그들의 정겨운 마음이 자유롭도록
나는 만족스럽게 참으리라.

아 번개가 어린 나무들과
오래된 나무들을 시들게 할 때
우리가 피할 수 없는 운명 아래로
그들과 나 모두 쓰러지리라.

I Know Not How It Falls on Me

I know not how it falls on me
This summer evening, hushed and lone
Yet the faint wind comes soothingly
With something of an olden tone

Forgive me if I've shunned so long
Your gentle greeting earth and air
But sorrow withers even the strong
And who can fight against despair

나는 모르겠어

나는 모르겠어 그 일이 내게 어떻게 일어났는지
이 여름 저녁, 고요한 미풍이
홀로 위로하듯 뭔가 익숙한
소리를 내며 부는데

용서해 줘 땅과 공기를 맞이하는
너의 살가운 인사를 내가 너무 오래 외면했다면
그러나 슬픔은 강한 사람도
절망에 대항하여 싸울 수 있는 사람조차도 나약하게 해

Come Hither Child

Come hither child — who gifted thee
With power to touch that string so well?
How darest thou rouse up thoughts in me
Thoughts that I would — but cannot quell?

Nay chide not lady long ago
I heard those notes in Ula's hall
And had I known they'd waken woe
I'd weep their music to recall

But thus it was one festal night
When I was hardly six years old
I stole away from crowds and light
And sought a chamber dark and cold

I had no one to love me there
I knew no comrade and no friend
And so I went to sorrow where
Heaven only heaven saw me bend

Loud blew the wind 'twas sad to stay
From all that splendour barred away

오라 아이여 이곳으로

오라 아이여 이곳으로 — 누가 너에게
저 현을 그처럼 잘 매만지는 힘을 선물로 주었느냐?
너는 어찌 내가 가라앉히려고 — 그리 할 수도 없는
생각을 내게 감히 일으키느냐?

오래전 아이도 아니고 숙녀도 아니었던 나는
울라의 홀에서 저 노래를 들었다
그 노래들이 슬픔을 일깨웠다는 것을 알았다면
나는 그 음악을 회상하며 울었을 터이다

그러나 그것은 내가 겨우 여섯 살이었을 때
어느 축제의 밤이었고
사람들과 빛을 살짝 피해
어둡고 추운 방을 찾았다

그곳에 나를 사랑하는 사람 아무도 없었고
지인도 친구도 없었다
그래서 나는 슬픔에 겨웠다 천국 천국만이
몸을 숙인 나를 보는 곳에서

커다란 소리 내며 바람이 불었고
저 화려함으로부터 떨어져 슬펐다

I imaged in the lonely room
A thousand forms of fearful gloom

And with my wet eyes raised on high
I prayed to God that I might die
Suddenly in that silence drear
A sound of music reached my ear

And then a note I hear it yet
So full of soul so deeply sweet
I thought that Gabriel's self had come
To take me to my father's home

Three times it rose that seraph-strain
Then died nor lived ever again
But still the words and still the tone
Swell round my heart when all alone

나는 외로운 방에서
수천 개의 무섭고 어두운 것들을 그려 보았다

그리고 젖은 눈으로 높이 바라보며
나는 하나님께 죽게 해 달라고 기도했다
저 고요한 처량함 속에서 갑자기
어떤 음악 소리가 내 귀에 들렸다

그러고 난 후 나는 너무나 아름다운 영혼으로
가득한 노래를 여전히 듣는다
가브리엘이 나를 아버지의 집으로
데려가려 온 것 같다고 생각했다

그 노래는 세 번이나 저 천사의 선율을 불렀다
그러고는 사라져 다시는 살아나지 않았다
그러나 여전히 노랫말과 음조는
내가 오로지 혼자일 때 내 가슴에서 벙글 부풀어 오른다

Mild the Mist upon the Hill

Mild the mist upon the hill
Telling not of storms tomorrow
No the day has wept its fill
Spent its store of silent sorrow

Oh I'm gone back to the days of youth
I am a child once more
And 'neath my father's sheltering roof
and near the old hall door

I watch this cloudy evening fall
After a day of rain
Blue mist sweet mists of summer pall
The horizon's mountain chain

The damp stands in the long green grass
As thick as morning's tears
And dreamy scents of fragrance pass
That breathe of other years

언덕 위 안개는 부드러이

언덕 위 안개는 부드러이
내일의 폭풍우를 말하지 않고
하루가 모든 것들을 다 울어 내지 않았으되
저장해 둔 고요한 슬픔을 모두 소진하니

오 나는 어린 시절로 돌아가
다시 아이가 되어
아버지가 보호하는 지붕 아래
낡은 현관 문 가까이에서

이 구름 낀 저녁이 내리는 것을 지켜보니
비가 하루 종일 내린 후
여름날의 푸르고 달큼한 안개가
지평선 산맥들을 뒤덮고

기다란 초록 풀잎들 아침의
눈물인 양 짙게 습기를 머금고
꿈결 같은 향기는 다른 세월의
숨결을 숨쉬누나

It Was Night

It was night and on the mountains
Fathoms deep the snow drifts lay
Stream and waterfalls and fountains
Down in darkness stole away

Long ago the hopeless peasant
Left his sheep all buried there
Sheep that through the summer pleasant
He had watched with fondest care

Now no more a cheerful ranger
Following pathways known of yore
Sad he stood a wildered stranger
On his own unbounded moor

밤이었네

밤이었네 산에는
눈이 흩날리다 천 길 깊이 쌓이고
시냇물도 폭포도 샘물도
어둠 속에 숨어 있었네

오래전 낙담한 농부는
저곳에 양들을 다 묻었네
여름 내내 즐거이 그가
온갖 정성으로 돌보았던 양들을

지금은 더 이상 즐거운 목동이 아니니
오래전부터 알던 길에
그는 자신의 끝없는 황야에
길 잃은 이방인처럼 슬프게 서 있었네

The Wind I Hear

The wind I hear it sighing
With Autumn's saddest sound —
Withered leaves as thick are lying
As spring-flowers on the ground —

This dark night has won me
To wander far away —
Old feelings gather fast upon me
Like vultures round their prey —

Kind were they once, and cherished
But cold and cheerless now —
I would their lingering shades had perished
When their light left my brow

'Tis like old age pretending
The softness of a child,
My altered, hardened spirit bending
To meet their fancies wild

Yet could I with past pleasures,
Past woe's oblivion buy —

바람이 한숨 쉬는 소리를 듣는다

바람이 한숨 쉬는 소리를 듣는다
가을의 구슬픈 소리와 함께 —
마른 낙엽들이 쌓여 봄꽃처럼
땅 위에 누워 있다

이 어두운 밤 덕택에 나는 멀리
돌아다녔다 —
옛 감정들이 빠르게 내게 몰려왔다
먹잇감을 에워싼 독수리들처럼 —

그들은 한때 따뜻하고, 소중했으나
지금은 냉랭하고 생기라곤 전혀 없다 —
그들의 빛이 내 이마를 떠났을 때
나는 그 머뭇거리는 그림자들이 사라졌으면 싶었다

그것은 마치 어린아이의 부드러움을
가장하는 늙은이 같아,
변해서 고집스럽게 된 내 영혼은
허리 숙여 그들 야생의 환상을 만난다

그러나 내가 과거의 기쁨으로
지난 근심의 망각을 살 수 있다면 —

That by the death of my dearest treasures
My deadliest pains might die.

O then another daybreak
Might haply dawn above —
Another summer gild my cheek,
My soul, another love —

내 가장 귀한 보물이 사라져
나의 처절한 고통은 사라질 것이다

오 그러니 또 하루의 새벽이
어쩌면 하늘을 밝히리라 —
또 다른 여름이 내 뺨을 내 영혼을,
또 다른 사랑을 빛나게 하리라 —

Come, Walk with Me

Come, walk with me,
There's only thee
To bless my spirit now —
We used to love on winter nights
To wander through the snow;
Can we not woo back old delights?
The clouds rush dark and wild
They fleck with shade our mountain heights
The same as long ago
And on the horizon rest at last
In looming masses piled;
While moonbeams flash and fly so fast
We scarce can say they smiled —

Come walk with me, come walk with me;
We were not once so few
But Death has stolen our company
As sunshine steals the dew —
He took them one by one and we
Are left the only two;
So closer would my feelings twine
Because they have no stay but thine —

와서 나와 함께 걸으라

와서, 나와 함께 걸으라,
지금 내 영혼을 축복할 사람
오직 그대뿐 —
우리는 겨울 밤마다 눈을 맞으며
돌아다니는 것을 좋아했지.
우리 이전의 기쁨을 다시
구하지 않을 수 있을까?
구름이 어둡고 거칠게 급히 내달리며
산꼭대기를 그늘지고 얼룩지게 하네
오래전에도 똑같았지
그리고 결국 지평선 위에서 쉬며
어렴풋이 덩어리로 쌓였지
달빛이 반짝이다 너무 빨리 사라져
우리는 그들이 미소 지었다고는 거의 말할 수 없었지 —

오라 나와 함께 걸으라, 와서 나와 함께 걸으라.
우리는 한때 그리 소수가 아니었지만
죽음이 우리 친구들을 훔쳐 갔지
햇살이 이슬을 훔쳐 가듯이 —
그는 한 사람씩 차례로 데려가 우리는
딱 둘만 남았네.
너무나 뒤엉킨 내 감정들

'Nay call me not — it may not be
Is human love so true?
Can Friendship's flower droop on for years
And then revive anew?
No, though the soil be wet with tears,
How fair soe'er it grew
The vital sap once perished
Will never flow again
And surer than that dwelling dread,
The narrow dungeon of the dead
Time parts the hearts of men — '

그대 말고는 의지할 것 없으므로.

'아니 나 부르지 마오 — 그렇지 않을지도 모르니
인간의 사랑이 그리 진실된가?
우정의 꽃은 여러 해 시들었다가
다시 살아날 수 있는가?
아니지, 흙이 눈물로 적셔진다 해도,
너무나 아름답게 자랐다 해도
생기로운 수액은 한번 사라지면
결코 다시 흐르지는 않을 거야
그리고 그 끔찍한 거처,
죽은 자들의 좁은 지하 감옥보다 더 확실하지
시간은 인간의 마음을 갈라 놓는다네 — '

It Is Too Late

It is too late to call thee now —
I will not nurse that dream again
For every joy that lit my brow
Would bring its after-storm of pain —

Besides the mist is half withdrawn,
The barren mountain-side lies bare
And sunshine and awaking morn
Paint no more golden visions there —

Yet ever in my grateful breast
Thy darling shade shall cherished be
For God alone doth know how blest
My early years have been in thee!

너무 늦었어

너무 늦었어 지금 그대를 부르기에는
나 다시는 그 꿈을 꾸지 않을 테야
내 이마를 밝게 했던 모든 기쁨은
고통의 후유증을 가져올 테니 —

그 외에도 안개는 반쯤 사라지고,
황막한 산기슭은 다 드러나
햇살과 깨어나는 아침은
그곳에 더 이상 황금빛 꿈을 그리지 않아 —

그러나 내 은혜로운 가슴속에는 늘
그대의 사랑스러운 그림자 소중하게 남을 터
내 어린 시절 그대 안에서 얼마나 축복받았는지
하나님만이 아실 터이니!

If Grief for Grief

If grief for grief can touch thee,
If answering woe for woe,
If any ruth can melt thee
Come to me now!

I cannot be more lonely,
More drear I cannot be!
My worn heart throbs so wildly
'Twill break for thee —

And when the world despises —
When Heaven repels my prayer —
Will not mine angel comfort?
Mine idol hear?

Yes, by the tears I'm poured,
By all my hours of pain
O I shall surely win thee,
Beloved, again!

슬픔에는 슬픔으로

슬픔에는 슬픔으로 그대를 만질 수 있다면,
비통에는 비통으로 응할 수 있다면,
비탄이 그대를 녹여 버릴 수 있다면
지금 나에게 오시라!

나는 더 이상 외로울 수도,
더 이상 우울할 수도 없으니!
나의 지친 마음은 너무나 심히 울렁거리고
그대로 인해 찢어질 것이네 —

세상이 무시할 때 —
하늘이 내 기도를 거부할 때 —
나의 천사가 위안을 주지 않을까?
나의 우상이 듣지 않을까?

그래 내가 쏟아 내는 눈물로,
내 모든 고통의 시간으로
오 나는 분명 그대,
나의 사랑을, 다시 찾으리라!

Moonlight Summer Moonlight

’Tis moonlight summer moonlight
All soft and still and fair
The solemn hour of midnight
Breathes sweet thoughts everywhere

But most where trees are sending
Their breezy boughs on high
Or stooping low are lending
A shelter from the sky

And there in those wild bowers
A lovely form is laid
Green grass and dew steeped flowers
Wave gently round her head

달빛 여름 달빛

달빛 여름 달빛
온통 부드럽고 고요하며 아름다운
한밤중의 엄숙한 시간
사방에서 달콤한 사색이 속삭이네

그러나 대개는 나무들이 바람결의
가지들을 높이 보내거나
몸을 구부려 하늘로부터
집을 빌리네

그리고 저 황야의 그늘에는
사랑스러운 모습이 누워 있네
초록 풀과 이슬 맺힌 꽃들이
그녀 머리 주변을 부드럽게 맴도네

Had There Been Falsehood in My Breast

Had there been falsehood in my breast
No thorns had marred my road
This spirit had not lost its rest
These tears had never flowed

내 마음에 거짓이 있었다면

내 마음에 거짓이 있었다면
어떤 가시도 내 길을 망가뜨리지 않았을 것이며
이 영혼은 쉬지 못하지 않았을 것이고
이 눈물은 결코 흐르지 않았을 것이다

Yes Holy be Thy Resting Place

Yes holy be thy resting place
Wherever thou may'st lie
The sweetest winds breathe on thy face
The softest of the sky

And will not guardian Angles send
Kind dreams and thoughts of love
Though I no more may watchful bend
Thy [longed] repose above?

And will not heaven itself bestow
A beam of glory there
That summer's grass more green may grow
And summer's flowers more fair?

Farewell, farewell, 'tis hard to part
Yet loved one it must be
I would not rend another heart
Not even by blessing thee

Go we must break affection's chain
Forget the hopes of years

당신이 쉬는 곳

당신이 쉬는 곳 성스러울 것이라
당신이 눕는 곳 어디든지
너무나 향기로운 바람이 하늘의 가장 부드러운 숨을
당신 얼굴 위에 내쉬네

수호천사들은 다정한 꿈과 사랑의 생각을
보내지 않겠는가
당신이 그토록 바라던 하늘의 휴식을 나 비록
허리 굽혀 더 이상 지켜보지 않는다 해도?

여름 수풀이 더 푸르게 자라고
여름 꽃들이 더 아름답게 피어나는
그곳에 하늘은 영광의 빛을
비추지 않겠는가?

안녕 안녕 헤어지기 어려우나
분명 여전히 사랑하는 이여라
나는 다른 이의 가슴을 찢지 않으리
당신을 축복함으로써도 않으리.

가라 우리는 사랑의 사슬을 끊어야 하니
세월의 희망을 잊어야 하니

Nay [grieve] not willest thou remain
To waken wilder tears

This [herald] breeze with thee and me
Roved in the dawning day
And thou shouldest be where it shall be
Ere evening far away

슬퍼하지 말고 당신은 더 격한 눈물을
쏟지 않으리라

당신과 나에게 부는 이 (전조의) 바람은
새벽에 불었으니
당신은 저녁이 오기 전 저 멀리
바람이 부는 곳에 있어야 하리

In the Earth

In the earth, the earth thou shalt be laid
A gray stone standing over thee;
Black mould beneath thee spread,
And black mould to cover thee —

'Well, there is rest there
So fast come thy prophecy —
The time when my sunny hair
Shall with grass roots entwined be'

But cold, cold is that resting-place
Shut out from joy and liberty
And all who loved thy living face
Will shrink from its gloom and thee

'Not so, *here* the world is chill
And sworn friends fall from me
But *there*, they will own me still
And prize my memory'

Farewell, then, all that love
All that deep sympathy:

땅 속에

땅 속에, 땅 속에 그대 누우리라
그 위에 잿빛 돌을 세우고.
그대 아래 검은 틀을 펼치고
검은 틀로 덮으리라 —

'글쎄, 그곳에 휴식이 있으니
그대의 예언은 너무나 빠르게 이뤄지네 —
나의 빛나는 머리칼은
풀뿌리들과 뒤엉킬 테지'

그러나, 저 휴식처는 춥다, 추워
기쁨과 자유로부터 차단되어
그대의 생생한 얼굴을 사랑했던 모든 이들은
그 어두움과 그대를 피할 거야

'그렇지 않아, 이곳 세상은 냉랭하고
맹세했던 친구들도 내게서 떨어져 나갔지만
저곳에서, 사람들은 고요히 나를 품어
내 추억을 칭찬할 거야'

그러니, 안녕, 사랑하는 모두들
깊이 동감한 모두들.

Sleep on, heaven laughs above —

Earth never misses thee —

Turf-sod and tombstone drear

Part human company

One heart broke, only, there,

That heart was worthy thee! —

계속 잠을 자렴, 천국이 저 위에서 미소 짓는구나 —
땅은 결코 너를 놓치지 않아 —

잔디 섞인 흙과 음울한 묘비는
얼마간 사람의 친구
그저, 한 마음이 아플 뿐, 저곳
저 마음은 그대에 어울릴 만했네! —

At Castle Wood

The day is done — the winter sun
Is setting in its sullen sky
And drear the course that [h]as been run,
And dim the hearts that slowly die

No star will light my coming night
No morn of hope for me will shine
I mourn not heaven would blast my sight
And I ne'er longed for [ways] divine

Through life['s] hard Task I did not ask
Celestial aid celestial cheer
I saw my fate [without its] mask
And met it too without a tear

The grief that pressed this [living] breast
Was heavier far than earth can be
And who would dread eternal rest
When labour's hire was agony

Dark falls the fear of this despair
On spirits born for happiness

성의 숲에서

하루가 다 가고 — 겨울 해는
음침한 하늘에서 지고 있네
지나온 길은 황량하고
서서히 죽어 가는 마음 어둡네

다가오는 나의 밤에 별 하나 비추지 않을 것이며
나에게 희망의 아침은 빛나지 않으리니
나는 하늘이 내 눈을 망가뜨려도 슬퍼하지 않으며
성스러운 길을 결코 갈망하지도 않았네

인생의 어려운 일을 지나며 나는 결코
하늘의 도움도 응원도 구하지 않았네
나는 내 운명을 가면 없이 보았고
눈물 없이 마주했네

이 (살아 있는) 가슴을 억눌렀던 슬픔은
대지보다 훨씬 더 무거웠고
영원한 휴식을 두려워하는 자였네
노동을 고용하는 것이 고통스러웠을 때

어둠은 이 절망의 두려움을
행복하려 태어난 영혼에 내렸으나

But I was bred the mate of care
The foster-child of [sore] distress

No sighs for me, no sympathy,
No wish to keep my soul below;
The heart is dead in infancy
Unwept for let the body go

나는 근심의 짝
극한 절망의 양자로 키워졌네

나에게는 어떤 한숨도, 어떤 동정도,
내 영혼을 저급하게 하려는 어떤 소망도 없어라
마음은 어린 시절에 죽었으니
울지 않네 몸을 내려놓으니

A Thousnad Sounds Happiness

A thousand sounds of happiness
And only one of real distress;
One hardly uttered groan —
But that has hushed all vocal joy,
Eclipsed the glory of the sky
And made me think that misery
Rules in our world alone!

About his face the sunshine glows
And in his hair the south wind blows
And violet and wild wood-rose
Are sweetly breathing near

Nothing without suggests dismay
If he could force his mind away
From tracking farther day by day
The desert of Despair —

Too truly agonized to weep
His eyes are notionless as sleep,
His frequent sighs long-drawn and deep
Are anguish to my ear

수많은 행복의 소리

수많은 행복의 소리
단 하나의 절망.
내뱉을 수 없는 한 번의 신음 소리 —
그러나 그것은 모든 기쁨의 음성을 잠재웠고,
하늘의 영광을 가려
불행만이 우리 세상을 지배한다고
생각하게 했다!

그의 얼굴 주변에 햇살이 반짝이고
머리카락에는 남풍이 불며
제비꽃과 야생 덩굴장미가
가까이에서 향기롭게 숨을 쉰다

바깥의 어떤 것도 절망을 암시하지 않는다
만약 그가 자신의 마음을 강하게 내보내 버릴 수 있다면
매일매일 더 멀리
절망의 사막을 걸어감으로써 —

너무나 고통스러워 울지도 못하는
그의 눈은 잠을 자듯 움직이지 않고,
자주 길게 내쉬는 그의 깊은 한숨 소리
내 귀에는 비통하게 들리는데

And I would soothe but can I call
the cold corpse from its funeral pall
And cause a gleam of hope to fall
With my consoling tear?

O Death, so many spirits driven
Through this false world, their all had given
To win the everlasting gaven
To sufferers so divine —

Why didst thou smite the loved the blest
The ardent and the happy breast
That full of hope desired not rest
And shrank appalled from thine?

At least, since thou wilt not restore
In mercy launch one arrow more
Life's conscious Death it wearies sore
It tortures worse than thee —
Enough of storms have bowed his head,
Grant hi at last a quiet bed
Beside his early stricken Dead

내가 위로할 수 있겠지만 장례식의 두려움으로부터
차가운 시신을 부르고
내 위로의 눈물로 희망의 빛이
떨어지도록 할 수 있을까?

오 죽음이여, 이 잘못된 세상으로부터
쫓겨난 너무나 많은 영혼, 그들 모두
그처럼 성스러운 고통을 겪는 이들에게
영원한 거소를 허락했나니 —

그대는 왜 사랑하는 사람 축복받은 사람
열정적인 사람 행복한 마음의 사람들을 아프게 했는가
희망으로 가득 차 쉬려 하지 않고
두려워 그대를 피한 그들을?

적어도, 그대가 자비로움으로 한 발의 화살을
다시는 더 쏘지 않을 터이니
삶의 의식적인 죽음 그것은 상처를 더하고
그대보다 더 나쁘게 고문한다네 —
폭풍우로 충분히 그의 머리를 조아리게 했으니,
마침내 그에게 고요한 침상을 내리시라
그의 이르게 조여 오는 죽음 곁에

Even where he yearns to be!

심지어 그가 있고자 열망하는 곳에!

No Coward Soul is Mine

No coward soul is mine
No trembler in the world's storm-troubled sphere
I see Heaven's glories shine
And Faith shines equal arming me from Fear

O God within my breast
Almighty ever-present Deity
Life, that in me hast rest
As I Undying Life, have power in thee

Vain are the thousand creeds
That move men's hearts, unutterably vain,
Worthless as withered weeds
Or idlest froth amid the boundless main

To waken doubt in one
Holding so fast by thy infinity
So surely anchored on
The steadfast rock of Immortality

With wide-embracing love
Thy spirit animates eternal years

내 영혼은 비겁하지 않다

내 영혼은 비겁하지 않다
세상 폭풍우에 시달리는 지구 안에서 떨지도 않는다
나는 천국의 영광이 빛나는 것을 본다
그래서 믿음은 두려움으로부터 나를 지키며 똑같이
　　반짝인다

오 내 가슴속 하나님
전지전능하시며 언제나 존재하시는 신성이시여
생명의 주님, 내 안에서 쉬시며
내가 생명을 살아낼 때, 내 안에 힘을 지니시도다

헛되도다, 인간의 마음을 움직이는
천 가지의 신조들, 말할 수 없을 만큼 헛되도다,
시든 잡초처럼 값어치도 없고
끝없는 심연 속 정말 하릴없는 거품

내 안의 의심을 깨우려고
네 영원에 그처럼 일른 붙들려
불멸의 단단한 바위 위에
그처럼 확실하게 닻을 내리니

드넓게 껴안는 사랑으로

Pervades and broods above,
Changes, sustains, dissolves, creates and rears

Though Earth and moon were gone
And suns and universes ceased to be
And thou wet left alone
Every Existence would exist in thee

There is not room for Death
Nor atom that his might could render void
Since thou art Being and Breath
And what thou art may never be destroyed

네 영혼은 영원의 세월에 생기를 주고
위에 스며들어 사색하며,
변화하고 유지하며, 녹아들어, 창조하고 길들인다

비록 대지와 달이 사라지고
태양과 우주가 그만 존재하며
너 홀로 남겨져도
모든 존재는 네 안에 존재하리

죽음의 여지는 없다
그의 힘이 헛되게 해 버릴 수 있을 원자는 없다
네가 존재이고 숨결이며
너의 현재는 결코 파괴될 수 없으므로

All Day I've Toiled

All day I've toiled but not with pain
In learning's golden mine
And now at eventide again
The moonbeams softly shine

There is no snow upon the ground
No frost on wind or wave
The south wind blew with gentlest sound
And broke their icy grave

'Tis sweet to wander here at night
To watch the winter die
With heart as summer sunshine light
And warm as summer's sky

O may I never lose the peace
That lulls me gently now
Though time should change my youthful face
And years should shade my brow

True to myself and true to all
May I be healthful still

하루 종일 애썼네

나는 하루 종일 애썼으나 고통스럽지는 않았어
배움의 금광에서
그리고 지금 다시 저녁이 밀려와
달빛은 부드럽게 반짝이네

눈은 내리지 않았고
바람이나 물결에 서리도 없어
남풍이 여린 소리를 내며 불어와
저 싸늘한 무덤을 흔들었네

밤에 이곳을 돌아다니며 겨울이
사그러지는 것을 보는 것은 즐거운 일
여름의 햇살같이
여름의 하늘처럼 따뜻한 마음으로

오 지금 나를 부드럽게 어르는 평화를
나 잃지 않기를
비록 세월에 따라 내 젊은 얼굴이 변하고
내 이마에 그림자 드리워도

나 자신에게 진실되고 모두에게 진실하며
늘 건강하기를

And turn away from passion's call
And curb my own wild will

그래서 열정의 부름으로부터 고개를 돌려
나 자신의 격렬한 의지를 통제할 수 있기를

What Winter Floods

What winter floods what showers of spring
Have drenched the grass by night and day
And yet beneath that spectre ring
Unmoved and undiscovered lay

A mute remembrancer of crime
Long lost concealed forgot for years
It comes at last to cancel time
And waken unavailing tears

겨울 홍수

무슨 겨울 홍수 봄의 소나기가
밤낮으로 풀잎을 적시고
저 유령 무대 아래
꼼짝도 않고 눈에 띄지도 않게 누워 있다.

말없이 죄를 기억하게 하는 자
오래 잃어버리고 감춰지고 잊혀졌다가
드디어 시간을 무효화하며
소용없는 눈물을 일깨우러 온다.

All Hushed and Still Within the House

All hushed and still within the house

Without — all wind and driving rain

But something whispers to my mind

Through rain and <through> wailing wind

— Never again

Never again? Why not again?

Memory has power as real as thine.

집 안에서는 모두가 말없이 고요하다

집 안에서는 모두가 말없이 고요하다
밖에는 — 온통 바람과 휘몰아치는 비
그러나 무언가 내 마음에 속삭인다
비와 울부짖는 바람 사이로
　　— 결코 다시는 아니야
결코 다시는 아니라고? 왜 다시 아닌데?
기억은 그대처럼 진짜 힘이 있어.

She Dried Her Tears and They Did Smile

She dried her tears and they did smile
To see her cheeks' returning glow
How little dreaming all the while
That full heart throbbed to overflow

With that sweet look and lively tone
And bright eye shining all the day
They could not guess at midnight lone
How she would weep the time away

그녀는 눈물을 닦고 그들은 미소지었네

그녀는 눈물을 닦고 그들은 미소지었네
그녀 양볼이 다시 빛나는 것을 보고
저 부푼 가슴이 내내 작은 꿈을 꾸며
어찌나 부풀어 오르내리는지

저 귀여운 표정과 생기 있는 목소리
그리고 하루 종일 빛나는 맑은 눈동자
그들은 그녀가 한밤중 혼자 있을 때
내내 울 것이라고는 상상도 할 수 없었네

Love is Like the Wild Rose Briar

Love is like the wild rose briar,
Friendship, like the holly tree
The holly is dark when the rose briar blooms,
But which will bloom most constantly?

The wild rose briar is sweet in spring,
Its summer blossoms scent the air
Yet wait till winter comes again
And who will call the wild-briar fair

Then scorn the silly rose-wreath now
And deck thee with the holly's sheen
That when December blights thy brow
He still may leave thy garland green —

사랑은 야생 찔레꽃과 같고

사랑은 야생 찔레꽃과 같고,
우정은, 호랑가시나무 같다
호랑가시나무는 찔레꽃이 피어날 때 어두운데,
그러나 어느 것이 계속 꽃 피울까?

야생 찔레꽃은 봄이면 아름답고,
여름의 꽃송이는 대기를 향기롭게 하나
기다리라 겨울이 다시 올 때까지
누가 야생 찔레꽃을 아름답다 하려나

그리고는 지금은 쓸모없는 장미 화환을 경멸하고
빛나는 호랑가시나무로 그대를 꾸미라
12월에 그대 이마 어둠이 드리울 때
그가 고요히 그대의 화환을 푸르게 하리니 —

왼쪽부터 앤, 에밀리, 샬럿 브론테 자매들

1818년	7월 30일, 영국 요크 주 브래드포드의 교외 손튼에서 태어남. 아버지 패트릭 브론테와 어머니 마리아 브란웰의 다섯 딸 중 넷째 딸이었고, 한 살 위의 오빠 패트릭이 있었다.
1820년	4월, 목사였던 부친이 하워스로 교구를 옮기면서 가족 모두 이사하여 에밀리를 비롯한 여섯 남매는 모두 그곳에서 성장.
1821년	9월 15일 어머니 마리아 사망, 이후 이모 엘리자베스 브란웰이 하워스로 옮겨와 같이 지냄.
1824년	11월, 코웬 브리지 기숙학교에 언니들과 함께 입학.
1825년	2월, 첫째 언니 마리아가 학교에서 결핵에 감염되어 집으로 돌아왔으나 그해 5월 6일에 사망. 둘째 언니 엘리지베스도 5월에 학교를 떠나 집으로 돌아와 6월 15일에 사망. 샬럿과 에밀리도 학교를 떠나 집으로 돌아옴. 이후 세 자매 샬롯과 에밀리, 앤, 그리고 오빠 패트릭이 남는다.
1826년	아버지로부터 받은 인형 선물들을 갖고 언니 동생 들과 이야기를 쓰기 시작. 월터 스콧, 바이런, 셸리 등의 작품을 읽음.
1831년	2월, 언니 샬럿이 기숙학교 로 헤드 스쿨로 떠남.
1832년	5월, 샬럿이 학교를 떠나 집으로 돌아옴.
1834년	11월, 에밀리는 동생 앤과 함께 일기를 씀.
1835년	7월, 언니 샬럿과 함께 로 헤드 기숙학교로 가서 공부하기 시작. 이때 샬럿은 그 학교의 교사로 일함. 11월, 에밀리의 건강이 갑자기 좋지 않게 되어 집으로 돌아오고, 대신 동생 앤이 같은 학교에 등록.
1836년	7월, 처음 시를 씀.

1838년	9월, 핼리팍스에 있는 로힐 스쿨에서 교사로 일하기 시작.
1839년	3월, 교사 생활 그만두고 집으로 돌아와, 하워스에서 살림을 도우면서 독일어와 피아노를 독학. 4월, 동생 앤이 로 헤드 가까이 있는 잉검 가문에서 가정교사로 일하게 되어 집을 떠남. 5월, 언니 샬럿이 스킵톤의 시지위크 가문에 가정교사 자리를 얻어 집을 떠남. 오빠 패트릭이 브래드포드에서 하던 공부를 그만두고 집으로 돌아오나 마약에 손대기 시작함. 7월, 샬럿이 가정교사 일을 그만두고 집으로 돌아옴. 12월, 앤도 집으로 돌아옴.
1840년	3월, 언니 샬럿이 로든에서 가정교사로 일하게 되어 집을 떠나고 동생 앤도 요크 지역 손트그린에서 가정교사로 일하게 되어 집을 떠남. 10월, 오빠도 맨체스터-리즈 철도회사에 취직하여 집을 떠남.
1841년	12월, 샬럿이 가정교사 일을 그만두고 집으로 돌아오다.
1842년	2월, 샬럿과 함께 벨기에의 브뤼셀로 떠나 펜셔넛 헤거 학교에서 독일어와 프랑스어 공부, 3월부터 프랑스어로 글을 쓰기 시작함. 10월, 이모 엘리자베스 브란웰이 사망하자 두 자매는 하워스로 돌아옴. 이모로부터 각각 350파운드의 유산을 받음.
1843년	1월, 언니 샬럿은 브뤼셀의 학교로 돌아갔으나, 에밀리는 가지 않고 집에 남음.
1844년	1월, 샬럿이 집으로 돌아옴. 2월, 에밀리는 이제까지 쓴 시 작품들을 두 개의 노트에 옮겨 쓰기 시작, 한 권은 제목 없이, 다른 한 권에는 "곤달 시편"이라는 제목을 붙임. 7월부터 하워스에 기숙학교를 세우려는 기획이 받아들여졌고, 샬럿이 여러 곳에 광고를 겸한 편지를 보냄.
1845년	6월, 동생 앤이 하워스로 돌아와, 에밀리는 앤과 함께 처음으로 요크까지 여행을 함. 7월, 앤과 함께 일기 형식의 글을 쓰기 시작하여, '곤달'이라 부름. 이즈음 언니 샬럿은

에밀리가 쓴 시 작품들을 발견함.

1846년 1월, 샬럿이 출판사 아일롯 앤드 존스에 편지를 보내 시집을 출판할 수 있는지 문의하여, 긍정적인 답신을 받음. 5월, 세 자매의 가명을 제목으로 한 공동 시집 『커러, 엘리스, 액튼 벨의 시 작품들』 발간. 7월, 브론테 자매들은 헨리 콜번에게 세 권으로 구성한 소설 작품을 출판할 수 있는지 문의하나, 거절당함.

1847년 7월, 출판업자 토머스 뉴비가 에밀리의 『폭풍의 언덕』과 앤의 『아그네스 그레이』를 출판하기로 함. 9월, 스미스 엘더 출판사가 샬럿의 『제인 에어』를 출판하기로 함. 10월, 『제인 에어』와 『아그네스 그레이』 각 여섯 부가 하워스에 배송됨. 12월에는 『폭풍의 언덕』과 『아그네스 그레이』도 각 여섯 부씩 도착.

1848년 9월, 오빠 패트릭 사망. 12월 19일 에밀리 사망,

1849년 5월 앤 사망.

1855년 3월 샬럿 사망.

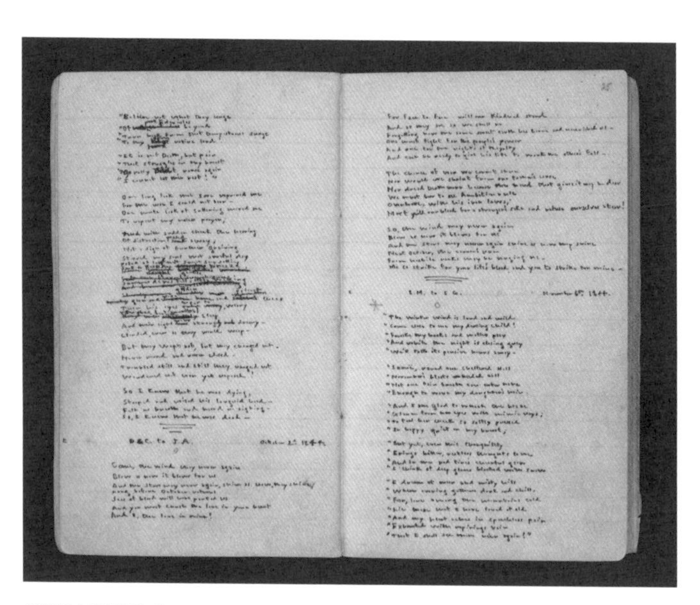

에밀리 브론테의 시 노트

상상력의 시학

허현숙

에밀리 브론테의 시 작품들은 처음부터 그녀의 이름으로 세상에 나온 것은 아니었다. 그녀의 언니 샬롯과 동생 앤의 작품들과 함께 에밀리 브론테의 작품 21편이 『커러, 엘리스, 액튼 벨의 시 작품들』이라는, 남성의 이름을 시집 제목에 달고 세상에 나왔다. 물론 이 작품들이 당대 독자들에게 두루 닿지는 않았다. 겨우 두 권이 팔렸다고 알려진다. 이는 19세기 전반기의 여성 시인이 처했던 일반적인 상황을 보여 준다.

20세기 초반 버지니아 울프는 『자기만의 방』에서 윌리엄 셰익스피어에게 그와 비슷한 문학적 재능을 지닌 여동생이 있었다면 어떻게 되었을까 질문한 바 있다. 결론적으로 울프는 아무리 셰익스피어와 같은 재능을 지녔다 하더라도 16세기의 영국에서 여성은 결코 시인으로 성장하지 못했을 것이라고 주장한다. 울프의 주장을 19세기 초반을 살았던 에밀리 브론테에 대해서 적용해 보면 시대가 달라졌다고는 해도 거의 비슷한 결론에 다다른다.

에밀리 브론테를 비롯한 당대의 여성 작가들이나 여성 시인들이 사회적 편견이나 제약 없이 작품을 쓰고 발표할 수 있었던 것은 아니다. 19세기 초반에도 여성으로서 시를 쓴다는 것 자체가 평범한 일이 아니었고, 특히 영국 북동부 지역의, 여러 면에서 변방이었던 요크의 하워스에서 목사의 딸로 성장한 에밀리 브론테는 당대 영국 문학계의 주류를 이루고 있던 남성 시인들이나 작가들과 어떤 교류도 없었다. 그러니 이들로서는 시 작품을 당대 독자들에게 보일 수 있는 방법은 더더욱 제한적일 수밖에 없었다. 또한 시집을 세상에 내놓고 난 후 그들의 여성으로서의 정체성이 어떤 방식으로 소비될지도 두려운 일이었다. 다만 에밀리 브론테에게는 셰익스피어의 가상의 여동생과 달리 자매들이 있었다. 그러니까 에밀리 브론테는 언니 및 동생과 함께 이야기를 짓고 시를 쓸 수 있었으며, 결국 공동으로 작품을 세상에 내놓을 수 있었던 것이다.

이 시집에 실린 작품들은 동생 앤과 함께 어릴 때부터 "곤달 시편"이라는 제목을 붙이고 각자의 이야기와 작품을 썼던 노트에서 뽑은 것이다. 이 노트는 가상의 '곤달'이라는 곳에서 일어나는 이야기를 이어가면서 시 작품을 각자 군데군데 섞어 놓은, 그야말로 두 자매의 습작 노트였다. 그러니까 에밀리 브론테는 이 노트를 중심으로 시를 쓰고 이야기를 꾸며냈던 것이다.

이들 자매들은 모두 정규교육을 받지 못했다. 띄엄띄엄 기숙학교에 다니며 교육을 받을 기회는 있었지만 그것 역시 오랜 기간 이어지지 않았다. 이는 건강하지 못한 상태에서 얻은 질병이나 집을 떠난 데서 오는 심리적 부담감 때문이었다. 그럼에도 불구하고 이들은 학교에서 정식 문학 교육을 받는 대신 함께 이야기를 꾸미고 일기를 같이 기록하면서 문학적 재능을 서로 자극하고 키워나갔고, 나중에 여성들을 위한 기숙학교를 세우자는 계획까지도 세웠다. 물론 이 계획을 실현하지는 못했지만, 에밀리를 비롯한 이들 자매들은 그들끼리 나누고 이어가는 이야기들을 통해 모두 각자의 소설 작품들을 쓸 수 있었다. 언니 샬롯의 『제인 에어』, 에밀리의 『폭풍의 언덕』, 앤의 『아그네스 그레이』가 바로 이들의 소설 작품이다. 우리가 잘 알고 있듯이 에밀리 브론테의 소설 『폭풍의 언덕』은 그녀의 유일한 소설 작품이자 이 시대를 대표한다. 그래서 오늘날 에밀리 브론테는 소설가로 알려졌다. 그런데 이 소설 작품이 출판되기 전에 에밀리의 시 작품은 그녀의 자매들과 공동 시집으로 세상에 나왔다. 이는 에밀리 브론테의 관심은 소설에도 있었지만 시 작품을 쓰는 것에도 집중되었음을 의미한다. 특히 그녀의 소설 작품 곳곳에서 마주치게 되는 자연 풍경에 대한 묘사나 인간 내면에 대한 묘사는 시적 이미지의 유려한 흐름이라고 할 수 있을 정도이다. 다시 말해 시 작품들에서 만나는 온갖 재료들이 그녀의 소설에서 배경으로든 중심축으로든 매우 중요한 역할을 하고 있는 것이다.

그 재료들이란 우선 영국 중북부 지역의 자연 풍경이다. 이곳에서 성장하며 익숙해진 자연 풍경, 히스의 거칠면서도 성긴 날카로움이나 그 위를 불어대는 나지막하면서도 강렬한 바람 소리, 누군가의 손길에 흩뿌려지는 듯 사방에 짙게 드리우다 어느새 사라지는 안개와 구름, 그 속에서 생명을 이어가다 사그라지는 풀들과 나무들 등등이 그녀의 작품에서 곧잘 등장한다. 이는 가족들 외 어느 누구와도 친밀한 교류 없이, 마치 드넓은 바다 한가운데 작은 섬처럼 또는 들판에 홀로 선 나무처럼 평생을 지낸 시인으로서는 자연스럽고도 당연하다. 물론 이런 자연 풍경들의 변주가 그녀의 작품에서 온전히 그것 자체만으로 나타나는 것은 아니다. 이들은 그것을 그리는 화자, 즉 시인이라고 해도 될, 화자의 내면에서 빚어내는 어떤 정서들로 인해 독특한 색깔을 저며 내고 있다.

그 정서들은 우선 자연에 대한 경이로운 느낌이다. 가을 저녁 부드러이 부는 바람, 꽃송이 맺힌 나뭇가지, 그 위에 앉아 있다 날아가려는 새 한 마리, 햇살 아래 눈부신 바다(「말해 봐 말해 봐」) 등이 일으키는 무한에 대한 사념은 바로 자연의 아름다움과 장엄함에 대한 예민한 감각에 바탕에 두고 있다. 그래서 에밀리 브론테의 시 작품 곳곳에는 자연 풍경이 빚어내는 변화와 그로부터 누리게 되는 아름다움이 시적 소재인 양 자리하고 있다. 그런데 이 아름다운 소재에는 단순히 자연 풍경의 아름다움을 노래한 작품의 것으로만 국한할 수 없는 다른 요소가 있다. 그것은 시적 화자가 느끼는 여러 정서들이다. 가볍고 경쾌한, 또는 우중충하고 무거운 바람의 움직임, 어두운 하늘에 빛을 가져오는 별, 가만히 서 있거나 가눌 길 없이 흔들리는 나무와 풀, 또는 무언가로 꽉 차 있다가도 텅 빈 풍경으로 변하는 들판, 아니면 흔들흔들 사방을 휩싸는 것처럼 보이지만 어느 순간 멈춰 모든 곳을 희부옇게 채워버리는 안개 등에는 시적 화자의 우울함과 슬픔, 피곤과 절망 등이 스며들어 있다. 그러니까 에밀리 브론테의 자연 풍경은 단순히 그것 자체의 존재성을 지니면서도 인간의 다양한 느낌이나 정서들로 가득 찬 풍경이다. 가령 「회상」이라는 작품에서 '땅,' '눈,' '무덤' 등은 추위와 황량함에 휩싸인, 전형적인 겨울 풍경이다. 그런데 이 겨울 풍경에서 화자는 이미 지난 사랑을 현재 눈앞에 보는 겨울의 풍경처럼 현실의 것으로 간직하고 있음을 강조한다. 즉, 시의 화자는 오래전 사랑의 기억이 겨울의 이미지와 중첩되는 것으로, 그래서 그 기억으로부터 추위와 쓸쓸함을 느끼고 있음을 암시하는 것이다. 마찬가지로 생명의 절정을 노래하는 새들에도 화자는 "슬픔의 물결이/ 앞날에 거침없이 흐를 것"(「노래」)임을 지적한다.

에밀리 브론테의 시 작품에서 눈에 띄는 또 다른 특징은 죽음에 대한 강렬한 의식이다. 죽음은 '휴식', '잠', '꽃'(「나는 유일한 존재」), "피할 수 없는 운명"(「5월 꽃들은 피어나고」), "아버지의 집"(「오라 아이여 이곳으로」), "사람의 친구"(「땅 속에」), "고요한 침상"(「수많은 행복의 소리」) 등으로 불리는, 추구의 대상이다. 동시에 죽음은 "친구들을 훔쳐"가 버린 야속하고 원망스러운 힘이기도 하다. 세 살에 어머니를 여의고, 일곱 살에 두 언니를 차례로 저세상으로 떠나보낸 에밀리로서는 그들을 자신에게서 데려간 '죽음'을 의식하지 않을 수 없었을 터이다. 그러니 그들에 대한 그리움과 아쉬움으로 그들의 세계에 닿고 싶은 마음을 지니게 되고, 그래서 죽음을 추구하게 되었을 것이다. 그러면서도 한편으로는 그들이 존재하지 않는 삶을 살아내면서 결국 그들을 저세상으로 데려간 '죽음'에 대해 원망하기도 하는 것이다.

그렇다고 해서 '죽음'이 에밀리 브론테의 시 작품의 화자를 완전히 통제하여 현실의 자아를 잊어버리거나 벗어나도록 하지는 않는다. 그녀의 시적 화자는 자신이 어떤 애도의 말도 요구하지 않는 운명으로 태어났다고 주장한다. 이러한 주장은 "진리는 결코 죽음의 꽃 속에서 자라지 않는다."고 함으로써 죽음에 순응하거나 그것의 힘에 굴복하지는 않을 것임을 암시한다. 물론 이러한 자세는 에밀리 브론테가 실제 죽어갈 때의 자세라고 할 수도 있다.

알려지기로는 서른 살 즈음 에밀리 브론테 역시 결핵에 걸려 죽음을 마주하게 되었을 때 치료를 거부했다. 이로써 그녀는 자신의 운명은 "어떤 말로도 요청하지 않"으며, "청춘의 희망이 녹아 버렸고" "무지개 같은 공상이 빠르게 사라졌"다고 한 「나는 유일한 존재」의 시적 화자의 자세를 상기시킨다. 이러한 태도는 에밀리 브론테의 시 작품이 외로움에 휩싸인 가냘픈 여성의 처연한 내면을 토로한 것이라는 평가를 단연코 거부하는 것이기도 하다. 일면 나약해 보이는 그녀의 시적 화자는 "어떤 한숨도, 어떤 동정도, 내 영혼을 저급하게 하려는 어떤 소망도 없다"고 말한다(「성의 숲에서」). 그녀의 영혼은 "비겁하지 않다." "세상 폭풍우에 시달리는 지구 안에서 떨지도 않"고, 믿음을 통해 "두려움으로부터" 자신을 지키며, 천국의 영광과 "똑같이 반짝인다."

이처럼 에밀리 브론테의 시 작품에서 쓸쓸하고 황량한 자연 풍경과 어우러지는 화자의 내면 풍경에는 현실에 자신을 굳건히 세우려는 시적 화자의 의지가 스며들어 있다. 호쾌한 낙관을 보장하기는커녕 어느 순간 사라져비릴 것임을 늘 상기시키는 환경 속에서 그녀 작품의 화자는 자신의 존재가 그리 절망적인 것은 아님을 한껏 상기시킨다. 이는 바로 시인의 능력인

'상상력'에 의지함으로써 가능한 일이었다. 상상력은 그녀에게 친구이자 자신이 혼자가 아님을 일깨우는 귀중한 힘이기도 하다. 그뿐만 아니라 상상력은 "죽음에서 아름다운 생명을 불러, 성스러운 목소리로, 현실의 세상에 대해 속삭이는" 존재로 그려진다. 그러므로 에밀리 브론테가 시를 쓰는 것은 바로 이 상상력에 기대어 자신의 존재를 세상에 드러내는 일인 셈이다. 그래서 하루 일과가 끝난 후 수고한 자신을 다독이며 내일을 기약하듯이 그녀는 자신이 현재 누리는 평화를 계속 누릴 수 있기를, 나아가 자신의 격렬한 의지를 통제할 수 있기를 기대한다. 따라서 에밀리 브론테의 시 작품은 어두운 현실을 버텨내려는 의지의 발현이다.

에밀리 브론테의 시 작품은 모두 약 180여 편 정도로 알려져 있는데, 1850년 언니 샬롯의 편집을 거쳐 『폭풍의 언덕』에 17편이 수록되면서 세상에 알려지기 시작했다. 이후 여러 학자들이 그녀의 시 작품들을 출판했으나 1941년에야 비로소 정본의 전집을 낼 수 있었다. 이 번역은 펭귄클래식 시리즈로 나온 전집에서 뽑은 것들이다.

에밀리 브론테는 작가로는 널리 알려져 있으나 국내에서는 시인으로서 그리 주목받지 못하고 있다. 최근 여성 시인 및 여성 작가들을 새로이 발굴하려는 노력이 이어지면서 에밀리 브론테의 시 작품들을 주목하여 당대 사회에서의 여성 시인의 한 예로 에밀리 브론테를 평가하려는 움직임들이 있다. 이처럼 20세기 중반 이후 대거 등장하는 여성 시인들에게 에밀리 브론테는 19세기에 선구자적 위치에서 작품을 쓴 시인이다.

바람의 시학

이근화(시인)

하워스의 바람

바람은 언제나 가파른 데가 있다. 이마에 바람을 맞으며 머리를 휘날리고 서 있는 것이 내게는 몹시 피곤하게 느껴진다. 바람이 많이 불지 않는 곳에 사는 나로서는, 멈추지 않는 바람 소리 속에서는 평온해지지 않는다고 해야 할까. 창문이 밤새 덜컹거리기라도 하면 마음에 구멍이 숭숭 뚫려 잠을 이루기 어려워지고는 한다. 바람이 많은 곳에 살았다면 나는 지금과는 조금 다른 글을 쓰고 있을지도 모르겠다. 에밀리 브론테의 작품을 읽으며 이 바람이라는 것이 그녀의 시를 만들어 내는 것 같은 착각에 빠지고는 했다. 에밀리가 살던 하워스(Haworth)를 상상해 본다. 황야를 거칠게 건너오는 폭풍우(storm)와 나무와 풀들을 꺾어 놓는 바람(wind), 머리카락과 이마에 감촉되는 미풍(breeze) 같은 것 말이다. 『브론테 자매 평전』에는 "에밀리가 바람 한 점 없는 학교를 견디지 못하고 집으로 돌아오자"라는 구절이 있다. 산책자로서 시에 하워스 지역의 날씨가 고스란히 드러난다는 점에서 그녀의 시는 황야의 대기 속에 탄생한 것이라고 말해도 좋을 것이다. 『폭풍의 언덕』에서 캐서린 언쇼가 죽어가는 중에도 창문을 열어 황야에서 불어오는 바람을 느끼게 해 달라고 부탁하는 장면은 그녀가 바람 부는 언덕 위에서 자신(과 히스클리프)을 실감하는 존재였음을 말해 준다. 에밀리 브론테는 하워스의 황야와 그곳에 부는 바람을 통해 과거와 현재, 미래로 통하는 시간과 인간의 운명을 예감하는 관찰자로서 시를 썼던 것이 아닐까. 폭풍우가 몰아치는 밤에 죽음의 그림자와

불운을 감지하였으며, 흔들리는 나뭇가지와 히스 꽃은 자주 번민과 갈등을 불러일으켰다. 가파른 돌무더기 언덕과 뻗어 나간 길이 그치지 않는 삶의 원환을 내포하고 있다면 새 울음소리와 별빛은 그 운명을 받아들이는 자의 숭고함을 드러내 준다.

조그만 책들

브론테 일가에는 때 이른 죽음의 그늘이 드리워 어머니와 형제자매들이 차례로 세상을 떠난다. 상실의 고통을 기억의 방식으로 건너기 위해 상상은 그 힘을 다한다. “기억하는 영혼은 정말이지 충실하다네!”(「회상」), “기억은 그대처럼 진짜 힘이 있어.”(「집 안에서는 모두가 말없이 고요하다」)에 보이는 것처럼 무엇인가를 기억하고 노래한다는 것은 그녀에게 상상을 현실 세계로 잇닿게 하는 힘을 내포하는 것이었다. 작품에서 상상력과 환상, 꿈이 가져다주는 기쁨을 그녀는 찬양하고는 했다. 브론테 자매들이 만들었던 ‘조그만 책’들을 생각해 본다. 종이가 귀한 시절, 어린 브론테 자매들은 책 귀퉁이나 신문 모서리에 자신들만의 이야기를 작은 글자로 빽빽하게 적어 묶은 소책자를 만들었다고 한다. 돋보기로 들여다봐야 글자들이 겨우 보이는 이 ‘작은 책’은 척박한 지역에서 목사의 딸들로 살아가던 그녀들이 누릴 수 있는 유일한 즐거움이 아니었을까. 그 이야기들은 어둠과 공포, 죽음과 가난을 물리치는 힘을 가졌을 것이다. “그대의 다정한 음성이 나를 다시 부른다./ 오, 나의 진실한 친구여, 나는 혼자가 아니구나”(「상상력에게」)와 같이, 난폭한 현실 속에 다정한 희망으로 존재하는 상상력(imagination)이 인간으로서의 품격을 유지하게 해 준 것이리라.

창조하고 길들이는

상상만으로 모든 고통의 시간이 지워지는 것은 아니다. 고독과 우울은 에밀리 브론테 시 전반을 지배하는 가장 강력한 정서이다. 절망에 휩싸여 "삶은 텅 빈 잠깐의 노고./ 죽음은 전체의 폭군"(「그녀는 어찌나 빛나는지」)으로 묘사된다. "내 삶의 축복은 모두 그대와 함께 무덤 안에 있네."(「회상」)에 보이는 바와 같이 그녀에게는 죽음의 얼굴이 드리워지지 않은 곳이 없었다. 성스러운 목소리로 새로운 영광을 숨 쉬고 싶다는 열망조차도 상실의 고통 때문인 경우가 많다. 그러나 에밀리는 고사리와 히스 꽃이 만발한 황야의 언덕이나 산책길을 홀로 오래 걸으며 외로움에 맞설 수 있는 힘을 어렵게 발견했던 것 같다. "나의 사랑을, 다시 찾으리라!(Beloved, again!)"(「슬픔에는 슬픔으로」)처럼 고통의 시간 속에서 다시 사랑을 발견하기 위한 몸짓이 그녀의 시에서 발견되고는 한다. '자연'이 한 권의 책이라면 그 무자비한 텍스트에서 관대한 사랑을 발견하는 것은 인간 각자의 몫일 것이다. 에밀리는 「하루 종일 애썼네」에서 자기 자신과 다른 모든 이에게 진실하고(true) 건강하기를(healthful) 바란다. 그리하여 "열정의 부름으로부터 고개를 돌려/ 나 자신의 격렬한 의지를 통제할 수 있기를" 바란다. 그녀에게 시란, 홀로 "외로운 방에서 수천 개의 무섭고 어두운 것들을 그려 보"던 중 귓가에 흘러들어온 음악소리(「오라 아이여 이곳으로」)처럼 죽음조차도 파괴할 수 없는 것으로서 인간 안에 존재하는 본원적 숨결에서 터져 나오는 노래이다. "드넓게 껴안는 사랑으로/ 네 영혼은 영원의 세월에 생기를 주고/ 위에 스며들어 사색하며,/ 변화하고 유지하며, 녹아들어, 창조하고 길들인다"(「내 영혼은 비겁하지 않다」)에서, '드넓게 껴안는' 행위가 에밀리 브론테에게 사랑이었다면, 이 사랑은 소극적 정념이 아니라 사색과 창조를 통해 자신을 '창조하고 길들이는' 적극적 행위이다. 200여 년 전에 한 여성이 고독하게 걸어간 이 길 위의 언어와 그녀의 용기를 사랑하지 않을 수 없다. 멈추지 않는 바람처럼 강력하고도 온화한 힘을 에밀리 브론테의 시에서 발견하게 된다.

거실에서 앤과 함께 작업하고 있는 스케치를 담은 에밀리 브론테의 일기(1837년 6월 26일)

세계시인선 41 상상력에게

1판 1쇄 펴냄 2020년 3월 8일
1판 2쇄 펴냄 2020년 6월 1일

지은이 에밀리 브론테
옮긴이 허현숙
발행인 박근섭, 박상준
펴낸곳 (주)민음사

출판등록 1966. 5. 19. (제16-490호)
주소 서울시 강남구 도산대로1길 62
강남출판문화센터 5층 (06027)
대표전화 02-515-2000 팩시밀리 02-515-2007

www.minumsa.com

ISBN 978-89-374-7541-2 (04800)
978-89-374-7500-9 (세트)

세계시인선

1	카르페 디엠	호라티우스 | 김남우 옮김
2	소박함의 지혜	호라티우스 | 김남우 옮김
3	욥의 노래	김동훈 옮김
4	유언의 노래	프랑수아 비용 | 김준현 옮김
5	꽃잎	김수영 | 이영준 엮음
6	애너벨 리	에드거 앨런 포 | 김경주 옮김
7	악의 꽃	샤를 보들레르 | 황현산 옮김
8	지옥에서 보낸 한철	아르튀르 랭보 | 김현 옮김
9	목신의 오후	스테판 말라르메 | 김화영 옮김
10	별 헤는 밤	윤동주 | 이남호 엮음
11	고독은 잴 수 없는 것	에밀리 디킨슨 | 강은교 옮김
12	사랑은 지옥에서 온 개	찰스 부코스키 | 황소연 옮김
13	검은 토요일에 부르는 노래	베르톨트 브레히트 | 박찬일 옮김
14	거물들의 춤	어니스트 헤밍웨이 | 황소연 옮김
15	사슴	백석 | 안도현 엮음
16	위대한 작가가 되는 법	찰스 부코스키 | 황소연 옮김
17	황무지	T. S. 엘리엇 | 황동규 옮김
18	움직이는 말, 머무르는 몸	이브 본푸아 | 이건수 옮김
19	사랑받지 못한 사내의 노래	기욤 아폴리네르 | 황현산 옮김
20	향수	정지용 | 유종호 엮음
21	하늘의 무지개를 볼 때마다	윌리엄 워즈워스 | 유종호 옮김
22	겨울 나그네	빌헬름 뮐러 | 김재혁 옮김
23	나의 사랑은 오늘 밤 소녀 같다	D. H. 로렌스 | 정종화 옮김
24	시는 내가 홀로 있는 방식	페르난두 페소아 | 김한민 옮김
25	초콜릿 이상의 형이상학은 없어	페르난두 페소아 | 김한민 옮김
26	알 수 없는 여인에게	로베르 데스노스 | 조재룡 옮김
27	절망이 벤치에 앉아 있다	자크 프레베르 | 김화영 옮김
29	고대 그리스 서정시	아르킬로코스, 사포 외 | 김남우 옮김
30	셰익스피어 소네트	윌리엄 셰익스피어 | 피천득 옮김
31	착하게 살아온 나날	조지 고든 바이런 외 | 피천득 엮음
32	예언자	칼릴 지브란 | 황유원 옮김
33	서정시를 쓰기 힘든 시대	베르톨트 브레히트 | 박찬일 옮김
34	사랑은 죽음보다 더 강하다	이반 투르게네프 | 조주관 옮김
36	네 가슴속의 양을 찢어라	프리드리히 니체 | 김재혁 옮김
37	공통 언어를 향한 꿈	에이드리언 리치 | 허현숙 옮김
38	너를 닫을 때 나는 삶을 연다	파블로 네루다 | 김현균 옮김
39	호라티우스의 시학	호라티우스 | 김남우 옮김
40	나는 장난감 신부와 결혼한다	이상 | 박상순 옮기고 해설
43	시간의 빛깔을 한 몽상	마르셀 프루스트 | 이건수 옮김
44	창조자	호르헤 루이스 보르헤스 | 우석균 옮김
48	망할 놈의 예술을 한답시고	찰스 부코스키 | 황소연 옮김
49	창작 수업	찰스 부코스키 | 황소연 옮김